告密
Confession

A confessional is a box, cabinet, or stall in
which the priest in some churches sits to
hear the confessions of penitents.

點子出版
IDEA PUBLICATION

上帝在創造人類的時候，
最大的饋贈就是自由意志。

Confession

...nt and kind; love does not envy or
... is not arrogant or rude. It does not insist
... own way; it is not irritable or resentful; it
... not rejoice at wrongdoing, but rejoices with the
truth. Love bears all things, believes all things, hopes
all things, endures all things. Love never ends. As for
prophecies, they will pass away; as for tongues, they
will cease; as for ... For we ...
... what ... be called ... as ... and we
... we should be ... For ...
... are. The reason why the world does not know
us is that it did not know him.

Contents

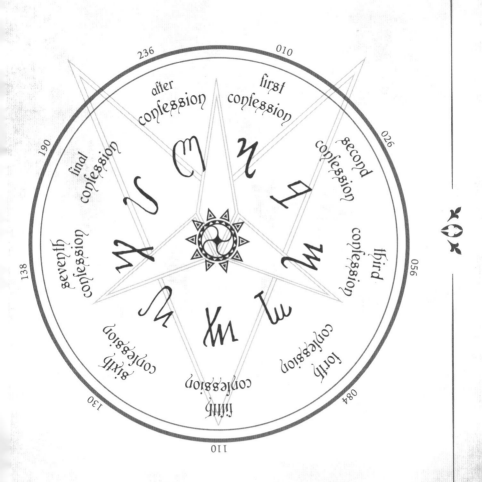

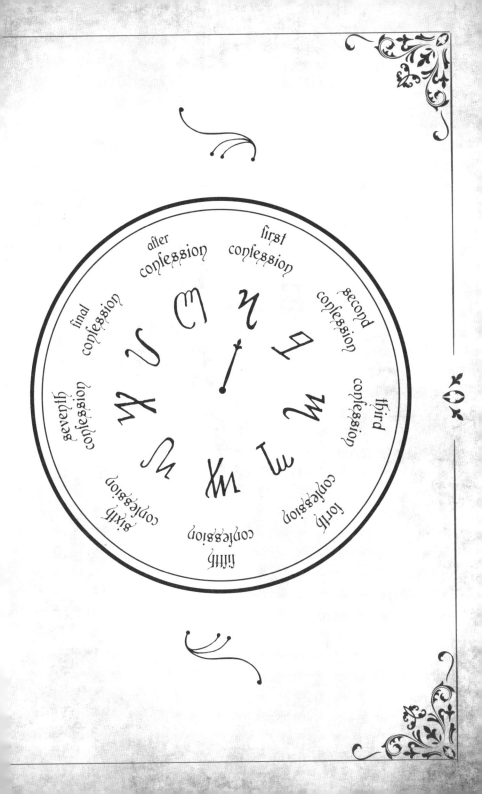

Ist Confession

去年從神學院畢業後，過不了多久我便正式獲任命為神父，雖然被委派至實習過一年的教會，但畢竟第一天就職，不得不說有點緊張。

「禮成，你們平安回去，在生活中光榮我們的神吧！」

我暗自鬆一口氣，幸好主持祭祀之事一切順利，如果接下來的懺悔環節也沒有出錯的話，那可算是個好開始了。

「神父……」熟悉的聲音隔著懺悔室的屏風傳到我耳中：「我有罪。」

雖然我和懺悔者之間隔著一塊遮掩物，但單憑聲音我就能認出是 Vincent。

Vincent 年約四十歲，是享負盛名的外科醫生，多年來救人無數，像他這樣的人為甚麼會進來懺悔室呢？

我把早就準備好的句子，慢慢唸出來：「孩子，只要你誠心悔改，神始終會寬恕我哋。」

他沉默了好一會兒，彷彿很難以啟齒：「……但我自己都原諒唔到自己。」

「冇任何罪係神不赦免。」我微笑著道。

「Calvin，你唔明白。」他停頓了一下，又道：「對唔住神父，叫慣咗你個名一時改唔到口。」

「唔緊要，你鍾意嘅話可以繼續叫我 Calvin。」我雖然是神父，但絕不是一個死腦筋的人，自然輕鬆的環境或許有助他把話說出來。

他長呼了一口氣，慢慢開始說了起來：「Calvin，你都知道邊個係 Ashley。」

Ashley 是 Vincent 的妻子，他們幾年前在教會教主的見證下結婚，婚後一直很恩愛，被認為是教會中的模範夫婦。

「我最近一直想殺咗 Ashley。」

「……？」我訝異得發出聲響，懷疑自己聽錯。

他剛才是說，最近一直想殺掉自己的妻子 Ashley？我忍不住苦笑出來，看來改天得去檢查一下耳朵了。

「對唔住，我頭先唔係聽得好清楚，你介唔介意講多次？」我帶著歉意道。

「你頭先冇聽錯，我係話我想殺死 Ashley。」他重覆道。

　　我愣住了。

「點解？」我不自禁地問，喉嚨啞得幾乎發不出聲音。

　　他略為沉吟，下定了決心之後，便開始訴說這段沒有跟人説過的故事。

「其實我自細就好沉迷屍體，我做醫生只係想循正常途徑接觸屍體，畀人發現都可以用醫學研究之類嘅理由嚟解釋。我之所以娶 Ashley，係因為佢身上有類似嘅氣質，最近，我一直想搵機會殺咗 Ashley，將 Ashley 變成真正嘅屍體……」

「Vincent，我唔評論戀屍係咪一種健康嘅癖好。」我很勉強才能穩住心神：「但最緊要嘅係唔好傷害到人，既然你話 Ashley 身上有你追求嘅嗰種氣質，點解唔安於現狀？」

「我以前都仲忍到，但 Ashley 已經就快踏入四字頭，氣質同樣貌一樣都係會隨住人變老而消逝，佢身上嗰種氣質已經所剩無幾……」

你明唔明白嗰種感受，就好似望住一件新鮮嘅魚生慢慢變得唔再新鮮，我再唔做啲嘢嘅話，件魚生就會喺我面前變壞。」他痛苦道。

「所以⋯⋯你就動咗殺念？」如果這裡不是懺悔室，我肯定會想報警。

「正確啲嚟講，係將 Ashley 變成一具真正嘅屍體，永遠保存佢嘅美態。」Vincent 坦白道。

老實說，在進入懺悔室之前，我已經作好心理準備會涉足不同類型的罪，甚至是背棄神的教義的重罪，例如婚前性行為、褻瀆神等等，但完全沒有想過會是戀屍癖，更沒有想到是出自一個「好好先生」的口中。

「你要諗清楚咁樣做所帶嚟嘅後果。」我嚴正提醒道。

「我知道我唔可以咁做，所以一直死忍，但係嗰晚我望住 Ashley 瞓著咗個樣，內心忽然間冒起一個衝動，想捻住 Ashley 條頸⋯⋯想、想⋯⋯」話說到這裡，他的聲音開始微微顫抖，似乎不能再說下去。

我從最初的驚訝，慢慢鎮定下來，盡我當時所能盡的責任，嚴肅地道：「你必須真心悔改，立志棄絕罪惡念頭。」

「我願意改過，從今開始唔再動犯罪嘅歪念。」Vincent 低低地道。

「想求慈悲的神降福懺悔者，讓他藉著你的聖寵，避開犯罪的機會⋯⋯」

Vincent 離開懺悔室之後，其他懺悔者相繼進來，我一直心不在焉，想著該不該主動地跟進 Vincent 的懺悔，但是我這樣做的話便是越權，因為教律規定不能把懺悔室裡的秘密帶到外面。

放著不管，Ashley 的處境又讓人擔憂。

正當我苦惱地踏出懺悔室的時候，忽然有道熟悉的女性聲音傳來，帶著幾分笑意：「第一日正式上任，係咪仲未習慣呢？」

我轉頭一看，只見一個身穿白色連衣裙，肌膚欺霜勝雪，棕色秀髮飄灑在肩膀的年輕女子正走近我。

「唔係呀，幾好呀。」我強顏歡笑道。

她是教會的司琴——Lydia，二十四歲，正修讀碩士課程，因為彼此都是同輩，加上多年前已經認識，所以關係算得上稔熟。

「但你臉色睇落唔係幾好咁喎？」Lydia 隨即把手掌放在我的額

頭上，擔憂問道：「發燒？」

　　就在我們皮膚接觸的一剎那，我彷彿感覺到一股電流傳遍全身，立即慌忙地輕撥開她的手，辯解道：「唔係呀，可能噚晚夜瞓咗少少，依家睇落有啲唔精神啫。」

　　我反應得這麼不自然是因為我在很久以前已經喜歡上她，當時我和她只有過一面之緣，直到一年前來這間教會實習才與她重遇，她是教會裡公認最漂亮、氣質最出眾的女子，最重要的是她不只是空有漂亮的外表，連內涵和修養都優於常人，加上性格溫柔大方，所以不只我一個，教會裡大部分單身男教友都對她傾慕不已。

「既然你話冇事，咁我就信你㗎啦。」Lydia淺淺一笑，似乎沒有留意到我的羞態。

　　便在這個時候，站在不遠處的教主忽然向我招手：「Calvin——」

　　Lydia向教主看了一眼，知道他有事情找我，於是便靜靜地走開，道：「我晏啲再搵你傾偈吖。」

「好，晏啲再傾。」我目送Lydia走遠，過了一會，才慢慢轉過身向教主走去。

「教主。」我對著他恭恭敬敬地行了一禮。

教主是一個瘦削精幹的老者，也是教會裡最高的領導人。實習的一年來我一直以教主為榜樣，尊敬他如父親一樣，現在能成為教會的駐堂神父全靠他的栽培。

教主露出和藹的笑容，道：「唔使咁拘謹，我只係想知道你一切係咪安好。」

我立馬鬆了一口氣，回答道：「一開始有啲緊張，但慶幸神恩賜我信心，使我最終都能夠順利完成祭祀儀式。」

「咁就好啦，自從前駐堂神父 Jacob 離咗職，我一個人真係有啲應付唔嚟，以後有你幫手分擔教會事務，我就放心啦。」教主拍拍我的肩頭，乾瘦的大手掌給人一份溫暖的安心。

「嗯……教主，其實我有啲嘢想請教你。」我坦白道。

「不如邊食飯邊講？」教主笑道。

我點了點頭，便隨著他離開了教會。

教會位於灣仔的繁忙街道地段，附近一帶食肆林立，我們到了一家茶餐廳，點了兩個午餐之後，教主便主動開口說道：

「Calvin，你有咩疑惑即管提出嚟，只要係我知道嘅，我一定會盡力解答。」

　　我沉吟了一下，幾番斟酌語句，然後才慢慢道出：「教主，如果我喺懺悔室得知某人即將遭遇危險，我應該點做？」

　　教主聞言，臉色變得有些凝重起來，道：「Calvin，懺悔聖事嘅秘密神聖不可侵犯，教律規定凡係透過懺悔聖事所知曉嘅一切罪情，神父都有保密嘅義務，喺任何情況下都唔可以泄露開去。」

「即使係牽涉……謀殺？」我追問道。

「如果懺悔者係謀殺案嘅加害人，我哋只能夠勸喻佢去自首。」教主淡淡地道。

「萬一我勸喻失敗，又或者趕唔切喺事件發生之前……」

「Calvin，」教主打斷了我的話，道：「首先你唔應該再講落去，否則就觸犯間接泄露懺悔秘密之罪。第二，請容許我畀個忠告你，你嘅身份只係神嘅僕人，代表神去赦免懺悔者嘅罪，你並唔係警察，阻止罪案發生唔喺你責任範圍之內。」

「……」我沉默不語，內心陷於兩難。

教主見我不說話，又道：「前駐堂神父 Jacob，喺佢離職之前相信你哋關係唔錯。」

「嗯，佢離職前我哋時常有交流，但直到依家我都唔知道神父 Jacob 點解會不辭而別。」我回答道。

　　　教主忽然露出一個奇怪的笑容，道：「神父 Jacob 不辭而別，就係因為佢做咗太多多餘嘢。」

「……多餘嘢？教主，我唔係好明白。」正當我想追問之際，侍應便把食物遞到桌上。

「開飯嚕，Calvin，我哋一齊謝飯禱告。」教主閉上眼睛，口中唸唸有詞。

「……哦，好。」我心中雖然有些疑惑，但也跟著教主閉眼禱告，沒有再把這事放在心上。

　　　沒有想到，後來發現真相的時候，一切已經無法挽回。

　　　當天晚上，我回到一個人的住處，洗了個澡放鬆心情，然後習慣性地打開電視機，讓電視節目的聲音填滿客廳的空洞。

「香港近日懷疑出現連環兇殺案，警方再喺銅鑼灣一條後巷發現一具被肢解嘅屍體，死者為本港男性，同樣擁有犯罪背景。由於兇手嘅犯案手法同埋下手對象同之前類似，警方唔排除係同一人所為，正全力追緝兇徒，市民如有任何消息，請立即聯絡總區重案組……」

「香港自上個月起先後發現八具被肢解嘅屍體，其中兩具被丟棄喺旺角麥花臣遊樂場附近；另外五具喺油麻地廟街；銅鑼灣喺上星期四亦發現一具被肢解嘅屍體……」

「警方呼籲市民盡量避免喺晚上獨自出門，若發現任何可疑人士或者感到有危險，應盡快報警求助。」

　　這一個月來，作風相同的連環兇殺案一直佔據著各大新聞報道焦點，主播記者們馬不停蹄每天整合新聞專題，市民自發性發起眾籌懸紅通緝兇手，黑幫罪犯人人自危，紛紛避走香港，甚至在較早前，連勾結鄉黑勢力的立法會議員也慘遭肢解殺害。

　　人們對兇手的真正身份有不同的猜想，有人認為是退休警察，也有人認為是罪犯「黑吃黑」，普遍意見認為兇手只殺害犯罪的人是在替天行道，甚至有人稱頌兇手為「救世主」，在網上建立了粉絲團膜拜他，對此我實在不敢苟同，任何犯了罪的人都應交由法律制裁，濫用私刑本來就不正確，訴諸如此殘暴的手法更加不能接受，只希望兇徒早日被繩之於法，不要再有新的受害者出現。

看著看著，手機忽然響起 WhatsApp 訊息的提示音，滑開後發現是 Lydia 傳過來的訊息。

（2017/11/12 21:47）
Lydia：冇事吖嘛？做咩晏畫嗰陣教主挾走咗你嘅？

（2017/11/12 21:48）
我：我哋一齊出去食 lunch 咋嘛，邊有你講到咁嚴重。［笑喊表情符號］

（2017/10/15 21:50）
Lydia：仲以為你俾教主訓話㖞。［笑喊表情符號］

（2017/10/15 21:52）
Lydia：By the way，下星期祭祀完咗之後你得唔得閒？

（2017/10/15 21:55）
我：得閒呀，做咩？

（2017/10/15 22:00）
Lydia：我有朋友搞咗個義工探訪活動，想搵埋你一齊去。

（2017/10/15 22:02）
我：好呀！預埋我！［微笑表情符號］

（2017/10/15 22:04）

Lydia：太好喇，咁我哋下星期完咗祭祀之後喺教會等。［貓笑臉表情符號］

（2017/10/15 22:04）

我：冇問題！［大拇指表情符號］

　　放下手機的一刻，我內心強烈澎湃著，處於非常激動的情緒中。

　　難道這就是單獨約會？我和 Lydia 真正的相識時間只有一年，雖然有時候會私下約出去玩，但一般都是集體聚會或者三五成群，從來沒有試過單獨約會，日盼夜盼，終於讓我等到了這個機會⋯⋯

　　不對，Lydia 說活動是由她朋友舉辦的，那至少她朋友會在場，所以根本不可能是單獨約會。

　　想到這裡，原本滿腔的激情和熱血頓時被澆熄了一大半。

「Calvin 呀 Calvin 呀，唔好再喺度 FF 啦。」

　　就在我已經要說服自己死心之際，忽然間又收到了一個 WhatsApp 訊息，不過這次是來自 Vincent，內容說他將會到外國醫學交流兩個星期，想藉此好好冷靜一下，反省自己的過錯。

於是我回覆他，道：「Vincent 弟兄，很高興看見你採取具體行動去擺脫罪惡，神一定會賜予你必須的恩寵，幫助你趕走它、棄絕它！如果你想找人傾訴的話，隨時都可以找我。」

本來我還在苦惱著該怎樣處理 Vincent 的問題，如今他主動聯絡我，正好給予我機會藉著 WhatsApp 來跟進他的問題，雖然能做的非常有限，但至少不是繞著雙手甚麼都不做。

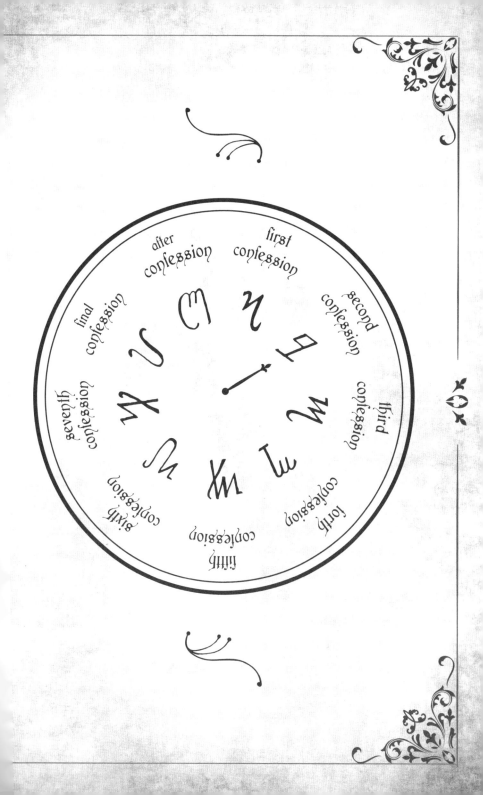

IInd Confession

　　一個星期過去，又到了星期日祭祀的時候，我的宣講比第一次順暢得多，即使面對坐無虛席的大禮堂也不會感到怯場。

　　如之前所説，教會位於灣仔的繁忙地段，佔據了一幢商業大廈頂樓一整層空間，來這裡的弟兄姊妹從基層到權貴，各式各樣的人都有，教會的宗旨向來是不論貧賤富貴，只要誠心信主，大門便會為他而敞開。

　　「禮成，接住落嚟請教主報告事項。」我鞠躬後轉身走到台下。

　　「首先要報告嘅係教會財務狀況，教會本月奉獻收入共有四十五萬三千七百二十元，事工開支為三萬零二百八十五元，薪金及基本開支為二十七萬六千四百元……」

　　就在教主説話之際，我離開了大禮堂，走到通道盡頭的懺悔房間，準備接下來的懺悔儀式。

　　懺悔房間十分空曠，只有一個木製小亭立於正中央，除此之外便別無他物。為了保障懺悔時的私密性，整層樓唯獨這個房間沒有裝上閉路鏡頭，而牆身和門也做了特殊的隔音處理，即使在房間內叫破喉嚨，房間外的人也不會聽見半點聲響，因此教友們才能毫不顧忌地説出實話。

　　我在小亭裡面靜待前來懺悔的教友，沒多久後，房間的門便

被推開，有人悄悄地走近小亭。

「喂！Calvin！自己一個人係咪好悶呀！？」

　　我被叫聲嚇了一跳，但很快就知道聲音的主人是誰。

「阿珊，你入嚟做咩呀……」我無奈問道。

　　阿珊是個古靈精怪的中六女生，平日大大咧咧的，沒半點女兒家應有的儀態。

「仲使問嘅，梗係嚟懺悔啦！」阿珊笑著道。

「你真係嚟懺悔嘅？」我質疑問道。

「唔係。」阿珊笑了出來。

「咁你不如返出去先？我怕會妨礙到真正有需要嘅教友呀。」我客氣地請她離開。

「哼！我怕你自己一個人悶先入嚟搵你傾偈咋，唔領情不特止仲要趕人走……嗚嗚嗚……你之前都唔係咁嘅……」阿珊裝神弄鬼，嚶嚶地假哭起來。

「……」我向來拿她沒轍，一時說不出話來。

「喂Calvin，你點睇『救世主』？」阿珊瞬間又變回了平常的語氣。

「你係指最近嘅連環兇殺案嘅疑犯『救世主』？」我問道。

「係呀！佢開始殺壞人冇耐我就做咗佢Fans！」阿珊像是得到了甚麼刺激似的，興奮道：「我幫佢成立咗個粉絲專頁，所有關於佢嘅剪報、片同相我都有收集，每次聽到新聞話有壞人被殺我都會諗係咪救世主做嘅，然後就會即刻趕去現場，希望可以更加接近佢……」

我嘆了一口氣，只道：「阿珊……作為信徒唔應該崇拜偶像。」

先撇開救世主濫用私刑的正當性不談，事實上教會中也有一小部分教友認為救世主是在行公義，但阿珊這種行徑很明顯是在拜偶像，是神不允許的。

「我覺得唔算喎，因為救世主就係神嘅化身，係神覺得世間太多罪孽，然後將天譴降落到罪犯身上，我崇拜救世主其實即係崇拜神。」阿珊辯駁道。

「你咁講更加唔妥，神嘅慈愛猶如無窮無盡嘅大海，就算我哋犯咗罪都好，神都絕對唔會用呢種殘暴手法對待我哋。」我不同意

道。

「可能神對我哋實在太失望呢，總之我相信救世主就係神嘅使者。」阿珊頓了一下，似是想起了甚麼，又道：「唔阻你做正經嘢啦，我本身入嚟係想話你知我哋全部人都喺大禮堂等你，搞掂好快啲出嚟。」

　　我本來有心反駁她的論點，但聽見她說全部人都在等我，倒是好奇心起，問道：「全部人都等緊我？等我做咩？」

「你等陣都去義工探訪㗎嘛？唔係咩？」阿珊好奇道。

「哦……原來你哋都有被邀請……」

　　完成懺悔儀式之後，我回到大禮堂，發現 Lydia、教主、阿珊、Ashley、阿偉、Josie，還有幾個我喊不出名字的年輕男教友都在等我。

　　我本來還有一點期待，以為 Lydia 只邀請了我，那至少代表我在她心目中有著一個特別位置，但如今卻看見這麼一大堆人……

　　內心殘留著的最後一絲希望，也變成了泡影。

「唔好意思係咪等咗好耐？今日比較多人懺悔。」我擠出笑容道。

「唔緊要，大家都知道你有正經事要做。」教主拍了拍我的肩膀。

「咁、咁我哋係咪依家出、出發？」説話結巴的人叫阿偉，是我在教會裡相熟的教友。

　　他比我年長幾歲，但個子比一般女生還要矮，不善辭令而且有一點笨拙，不過為人真誠親切，所以大家也頗喜歡他。

「嗯，我哋總共有十一個人，不如分成兩批？」Lydia 今天換上了寬鬆的運動套裝，而不是平時愛穿的白色連身裙。

「Calvin，你今日有冇揸車過嚟？」Lydia 轉過頭來問我。

「有呀。」我回答道。

「咁你載阿珊、阿偉同 Josie，其餘人同埋我就坐教主架七人車，等陣喺深水埗集合？」Lydia 提議道。

「我對於咁嘅安排冇異議。」教主微笑道。

「我都冇問題。」我也點頭贊成，但其實剛才聽見 Lydia 要坐教主的車，心情就更是失落。

「好，等我 Send 個集合地點畀你先。」Lydia 修長的手指在手機

屏幕上快速移動，下一秒我便收到她傳過來的地點訊息：「咁大家等陣見啦。」

　　Lydia 等人隨即轉身離去，就在此時，我眼角餘光忽然注意到 Ashley 的頸頂圍著一條圍巾。

　　按照常理，這沒有甚麼好奇怪的，但是現在天氣根本不算冷，為甚麼她會圍上圍巾呢？

「喂，你做咩眹住 Ashley？你對阿嫂有興趣呀？」阿珊向我投以耐人尋味的目光。

「嗱，平時你講下笑冇咩所謂，但有啲嘢真係唔可以亂講。」我嚴肅道。

「呵呵呵，估唔到你平時咁正經，原來係鍾意人妻嘅。」阿珊賊賊的笑了起來。

　　我白了阿珊一眼，沒好氣地道：「黐線，我只係覺得今日有啲熱，奇怪 Ashley 點解仲會圍住條頸巾。」

「或、或者佢冷親呢？」阿偉似乎也有些疑惑。

「嗯，或者係啦。」我沒有再說甚麼，帶著他們到停車場取車，

然後便出發前往深水埗。

　　駕車期間，坐在後座的阿珊忽然抱怨道：「唉，早知頭先主動要求坐教主架車啦，佢架車又新又靚，仲闊到伸長對腳都唔會頂住。」

「咁不如喺前面迴旋處放低你，你自己去Join返佢啩。」我笑道。

「嘖，小氣鬼，講下笑都唔得。」阿珊打著呵欠道。

「我、我覺得Calvin架車雖然細……但、但坐得都幾舒服。」阿偉幫腔道。

「阿偉，得你先識得欣賞呢架車㗎咋……」

　　我話音剛落，一聲輕輕的「哈啾——」噴嚏聲忽然從後座傳來，那是一直沉默著的Josie。

　　我抽出幾張面紙，往後遞給Josie。

「唔該。」Josie用面紙輕輕擦了擦鼻子。

「做、做咩今日好似好多人冷親咁？」阿偉問道。

「或者因為個出風口咁啱對住我。」Josie 低聲道，聲音低得像蚊子哼般。

「唔好意思，我都冇留意到。」我把出風口葉片撥到一邊。

在教會中和我年齡相近的，除了 Lydia 便是 Josie。

Josie 是開花店的，我認識了她一年，但加起來也沒有對話超過十句。

她永遠都架著一副黑框眼鏡，一頭烏黑墨染的長髮一直垂至腰間，雖然樣子清秀，但因為平日不愛說話，達人頂多只是淺淺一笑，所以她在教會中受注目的程度遠遠不及 Lydia。

「唔緊要。」她用手將垂落到眼前的瀏海撩到耳後，雙眸就如兩個深不見底的潭水，透過玻璃鏡片凝望著車窗外的景色，安靜讓人無法觸摸。

「喂，好悶呀，播啲嘢嚟聽下啦。」阿珊開口道。

「你想聽咩呀？」我伸手扭開電台，調到一個娛樂節目，節目主持人正以激動的語氣批評救世主：「嗱我就唔信主嘅，尤其係嗰個乜嘢救世主，根本只係個夠膽做唔夠膽認嘅縮頭烏龜……」

我正想轉到別的頻道，阿珊卻喊停了我，道：「唔好轉台住！聽下佢講咩先！」

　　我透過倒後鏡看了阿珊一眼，隨即收回了手，繼續專心開車。

「葉公子，你咁樣講怕唔怕惹禍上身呀？」電台嘉賓笑道。

「我行得正企得正怕咩呀？」節目主持人葉公子哼了一聲，繼續道：「唔怕話你知，我收到聽眾嘅可靠爆料，已經初步掌握救世主嘅真正身份，時機成熟就會公佈……」

「咩話！？」阿珊的聲音一下子尖銳起來。

「你、你做咩咁激動呀？」阿偉有點被嚇倒。

「我梗係激動啦！條友話知道救世主嘅真正身份喎！」阿珊仍然處於極度激動的情緒之中。

「呢個電台主持出晒名吹水唔抹嘴，我諗佢未必真係知道。」我笑道。

「可能佢今次真係知道呢？我唔可以放過任何一個機會。」阿珊的激動演變成雀躍，臉上興奮之情簡直難以掩飾。

「點、點解你咁想知道救世主嘅身份？知道咗之後你、你會點做？」阿偉問道。

「因為我想親口同救世主講聲加油，話畀佢知有個小粉絲好仰慕佢，就算全世界人都唔認同佢嘅行為，嗰位小粉絲始終都會企喺佢嗰邊支持佢……」阿珊羞澀地喁喁私語，竟帶著女兒家的嬌羞之情。

「阿珊，」阿偉說話忽然不結巴了，笑道：「呢啲咁嘅人唔值得你咁仰慕佢。」

阿珊乾咳了一聲，神態隨即回復平常：「算吧啦阿偉，你唔明㗎喇。」

阿偉笑了一笑，沒有再說話。

當我們抵達深水埗時，教主他們也剛好到達，於是便一起前往社區服務中心。

「Lydia 你哋嚟嗱？」一名年輕的女子出來迎接我們，相信便是 Lydia 的友人。

Lydia 為我們互相介紹之後，中心負責人 Olivia 便告知在場每個人的工作安排，其中男子負責把捐贈物資從附近的倉庫搬運過來，

女子負責分類整理，然後一起派發給通州街天橋下的露宿者。

由於教主年事已高，所以他會留在中心幫忙，只有我、阿偉和那幾位年輕男教友吃過外賣批薩後前往搬運物資。

途中，那幾位年輕男教友閒聊了起來。

「哈呀——好眼瞓。」男教友Ａ打了個呵欠。

「做咩呀？噚晚掛住睇波呀？」男教友Ｂ問道。

「我噚晚通頂幫同事頂更呀。」男教友Ａ精神萎靡地道。

「咁你仲嚟？返屋企唞下嘛。」男教友Ｃ道。

「點得呀，我應承咗女神嚟幫手㗎。」男教友Ａ用手輕拍雙頰提振精神。

「諗住喺女神面前搏表現呀？」男教友Ｂ笑著問道。

「算吧啦，你點做都唔會有機會㗎喇。」男教友Ｃ笑道。

「唱呀，女神一直唔拍拖肯定係因為佢眼角勁高，睇唔上我哋呢啲凡夫俗子。」男教友Ｂ嘆氣道。

「鬼唔知咩，我就好簡單嘅，只要聽到佢同我講聲『辛苦晒喇』，我就已經心滿意足。」男教友A說到興頭上，不禁自我陶醉起來。

要不是礙於神父的身份，我真想拍拍他的肩膀，說一句「I know that feel bro.」。

到達貨倉後，我們先把物資疊放到手推車上，再分批運送到社區中心，由於物資的數量不少，我們來回了好幾遍才能把物資運清。

那時候，我們所有人都累得半死，正想在社區中心大堂歇息片刻，忽然看見滿頭汗水的 Lydia 正推著手推車進門，上面還堆著幾箱衣物、乾糧。

「咦點解仲有嘅？我哋應該將所有物資都搬晒過嚟㗎喇喎。」我向她問道。

「係、係囉，個、個倉都已經冇晒嘢。」阿偉也說道。

Lydia 停下了手推車，用毛巾擦了擦汗，輕輕喘息地道：「因為呢啲物資放咗喺第二度呀。」

我怔了一下，又問道：「你唔叫我哋嚟幫手嘅？」

「你哋都返嚟喇，同埋啲嘢都唔算多，我自己都搞得掂。」Lydia舉起臂彎笑道。

那一瞬間，她的身旁彷彿有種說不出的光亮，雖然耀眼，卻又讓我難以移開目光。

我只覺得神是存有偏心的，不然為甚麼給予Lydia這麼完美的外表，又給予她如此完美的內在？

「Lydia等我幫你推架車入去！」
「粗重嘢我拿手喎。」
「你兩個都唔好爭！等我嚟！」

男教友Ａ、Ｂ和Ｃ相繼衝上前去，爭相要幫她把手推車推往裡面，眼見手推車被他們愈推愈遠，Lydia向我的方向看了一眼，露出了尷尬的笑容道：「Calvin、阿偉你哋慢慢唞下喇，枱上面嘅嘢飲係畀我哋嘅，口渴可以隨便飲。」

我點頭應了一聲，Lydia隨即轉身離去，消失在走廊盡頭。

大堂一時之間安靜下來，於是我主動找了些話題聊聊：「阿偉，點解你今日會嚟做義工嘅？」

「你、你呢？」阿偉反問道。

「哈哈，因為神嘅誡命除咗要我哋愛佢，仲要我哋愛鄰如己，呢個答案係咪好完美呢？」我笑著道。

還有一部分原因是因為 Lydia，但我沒有說出來，事實上，我沒有跟任何人說過自己喜歡 Lydia。

「我純、純粹因為冇咩自信，人、人生得矮，書、書又讀唔成，如、如果我可以幫到人，會、會有少少成就感。」阿偉低頭道。

我拍了拍阿偉的肩膀，鼓勵他道：「曾幾何時我都迷失過，覺得自己冇咩長處，但信咗主之後我知道我哋個樣、膚色、出生家庭、性格等等都係由神命定，就算我哋對自己某啲地方好唔滿意，但喺神眼中我們都係美好嘅，所以唔需要自卑。」

阿偉臉色一變，眼睛裡彷彿閃爍著神秘的光芒：「即、即係話，所、所有關於我嘅嘢都係神決定嘅？」

「嗯，可以咁講。」我回答道。

阿偉握著我的手，感激道：「C-Calvin，多、多謝你呢番說話。」

我微笑點頭，沒有說話，只輕輕拍了拍他的手背。

不久後，所有人便聚集在大堂，仔細聽著負責人Olivia的簡報。

她說，接下來我們會以兩人一組的形式來進行探訪，除了為他們送上由市民所捐贈的物資外，還要關心他們的近況，聆聽他們的需求；她又特別叮囑，因為通州街天橋底下的治安環境不佳，吸毒問題尤其嚴重，因此探訪的同時也應注意自身安全。

眾人表示了解之後，便各自推著物資前往通州街天橋。

出發時正值黃昏時分，日落西沉，影子都被夕陽照得細長。

「C-Calvin呀，我、我講嘢唔叻，等、等陣靠你㗎喇。」阿偉似乎有點緊張。

我和阿偉被Olivia分到同一組，至於Lydia，則跟Ashley一組。

「唔使緊張喎阿偉，我哋今日係嚟探訪唔係嚟傳福音，做好聆聽者嘅角色已經足夠。」我微笑道。

「啊……」阿偉似懂非懂地點點頭。

來到通州街天橋後，只見那裡有大批露宿者聚居，木板紙皮屋林立，儼如一個小部落。

「您好呀，我哋係社區服務中心派嚟嘅義工呀，想關心一下你嘅現況㗎。」我朝著一間紙皮屋喊話。

半晌過後，一名衣著破舊的伯伯從紙皮屋探出頭來，露出了微笑道：「哦……你哋係義工呀……」

「係呀伯伯，我哋想同你傾下偈呀，唔知你方唔方便呢？」我微笑問道。

「都冇話方唔方便，你睇我呢度咁嘅環境……」伯伯低下頭看了看自己的紙皮屋，臉有難色道：「你哋唔介意就得啦……」

我和阿偉相視一眼，會意地點頭，也不理會是否骯髒，就直接坐在紙皮屋旁邊的地面上。

伯伯很快便開始向我們訴苦，從家當經常被沒收、盜竊，說到公共房屋輪候時間遙遙無期，一直說了很久、很久。

「政府冇陰功㗎，成日周圍灑毒粉令我哋瞓唔到，又故意用水整濕我哋啲嘢，趕盡殺絕。」伯伯的眼中似乎有些淚光在閃動。

「佢、佢哋咁衰？」阿偉大是惱怒。

「係呀……仲成日趁我哋行開咗一陣就拆走紙皮屋，搞到有人冬

天都唔敢去避寒中心，監生凍死呀。」伯伯擦了擦眼角的淚水。

「伯伯你放心，中心嗰邊嘅社工已經向房署反映咗你嘅情況，相信可以加快公屋編配進度，期間如果你再次遇上呢啲情況，你可以搵中心，或者搵我幫手。」我低聲安慰著伯伯，待他情緒漸漸安定下來，我和阿偉便把由市民捐贈的物資轉交給他，然後向他道別。

　　正想走往另一間紙皮屋，不經意看見 Lydia 和 Ashley 就站在我們的不遠處，似乎正跟一位露宿者對話。

　　本來這也沒甚麼特別，直至我看見那名露宿者偷偷將手伸向 Lydia 的臀部，揉了一下。

　　Lydia 的身子震了一震，臉色先是恐慌，接著是不知所措，難堪到極點，而整個過程恰好發生在 Ashley 的視線盲點之上，使 Lydia 的處境更為無助。

　　露宿者看見 Lydia 沒有反抗，臉上一副滿足的表情，竟然得寸進尺地再次把手貼近 Lydia。

「C-Calvin……」阿偉也注意到了。

「我哋過去。」我強壓著怒氣，快步走了過去，一把抓住那露宿

者的手，瞪向他道：「喂！你知唔知你咁樣係非禮？」

那露宿者甩開我的手，嘻嘻笑道：「關你春事呀依家？」

他腳步虛浮不穩，鼻涕直流，活脫脫是個癮君子。

Lydia拉著我的胳膊，怯生生地道：「算啦Calvin，我冇事。」

「我唔認為可以就咁算。」眼見那露宿者嬉皮笑臉的模樣，我的怒氣愈來愈盛。

「喂，嗰仔，你未答我呀。」他抽了抽鼻子，問道：「依家關你咩事呀？」

「唔關我事咁關唔關警察事？係咪要我報警？」我喝問道。

「好呀！報吖！夠膽你就報！」

他哈哈大笑起來，我隨即拿出手機，撥了報案中心的號碼，但就在此時，他忽然發狂似的大聲嚎叫，朝我衝了過來。

「喂！你做咩！」我吃了一驚，後退了幾步。

「唔可以！唔可以報警！」他想要從我手中搶走手機，我自然也

不甘示弱，用力握緊了手機，和他爭執起來。

「阿偉！快啲搵人過嚟幫手！」我連忙道。

阿偉呆在一旁，未有立刻反應過來。

「快！」我大喝道。

「哦……哦！」阿偉像是突然驚醒一般，轉身跑去。

我用力推開露宿者，他踉蹌往後跌坐在地上，藏在褲袋裡的美工刀也被摔了出來。

「嘻哈哈哈哈！」那露宿者拾起地上的美工刀，向著我刺過來。

Lydia 嚇得臉色發白，張嘴大喊道：「Calvin 小心呀！」

我急忙閃身躲避，堪堪避開了鋒芒，他見第一刀刺空，又一刀接著刺過來，劃破了我的衣袖。

「嘻嘻嘻哈哈哈哈哈……」他一邊獰笑，一邊瘋狂地揮舞著美工刀。

我不斷後退，拚命閃躲，不料腳下一個踉蹌，摔倒在地上。

眼見他高舉著鋒利的美工刀，就要往下刺去之際，一把電槍忽然從天而降，落在我的腳邊。

整件事發生得非常詭異，詭異得超乎常理，讓人完全摸不著頭腦。

但當時的我別無他選，於是拾起了電槍朝他扣下扳機，射出兩枝帶電的細針。

細針輕易地穿透了他的衣服，直刺進他的皮肉裡，然後釋放出高壓電力。

「咦啊呀喔喔喔喔——」他被電得抽搐痙攣，一雙眼睛瞪得像死魚般凸了出來。

我嚇得忍不住顫抖，弄掉了手中的電槍，附近的 Lydia 和 Ashley 也是嚇得目瞪口呆，一時無法反應。

那露宿者倒在地上，白眼一翻，嘴裡吐出大口的白沫，很快就不動了。

「就、就喺呢度！」阿偉帶著警察趕到。

「差人！坐喺地下唔好啩！」其中一個警察摸著槍套，很小心地靠近我。

我仍未能從驚嚇之中回復過來，只是像個呆子般看著他不作聲。

他踢開了地上的電槍，對著肩上的對講機道：「電台，17807 Calling，要求派一架救護車到通州街南昌街交界，Over。」

之後，露宿者被送往醫院，我則被帶往深水埗警署錄取口供。

「神父，你把電槍究竟係點得返嚟？」肩上掛著三條槓的警官問道。

他十指交疊撐著下巴，瞇起眼睛看著我，讓我感到渾身不自在。

「唉，阿 Sir，你要點先肯信我？」這已經不知道是我第幾聲嘆氣了。

「唔係我唔肯信你，但根據你嘅口供，」那警官翻了翻口供紙，

續道：「你聲稱當時遇上危險，而行車天橋上面咁啱跌咗把電槍落嚟，又咁啱跌正喺你腳邊，然後你就執起咗把電槍自衞，制服該名持刀露宿者。」

「聽落好似好唔合理，但事實的確係咁。」我苦笑道。

「你不如都係講老實說話啦。」警官笑了一笑，顯然是一副不相信我的模樣。

「唉──」我又嘆了口氣，有種跳進黃河也水洗不清的感覺。

就在這個時候，口供室的門被推開，一名普通警員走進來，他瞄了我一眼，隨即俯身湊到警官的耳邊，低聲說話。

那警官聽完警員的話後，眉頭皺了起來，不發一言便隨著他離開房間，只留下我一個人。

我看了一眼牆上的掛鐘，時間已經是凌晨三時多，從進入警署到現在，已經過了八個多小時。

我不由得一陣心煩意亂，不知道甚麼時候才能離開。

過了大概十分鐘，那警官推門回來，臉上的神情變得有些複雜，有種既茫然又無法接受的感覺，慢慢道：「你嘅律師嚟咗，

佢搵到段閉路電視片段證明把電槍的確係由天橋上面跌落嚟。」

「咁即係話……」我不禁露出笑容。

「我哋決定唔起訴你,你可以走喇。」警官不太情願地道。

　　我當下如釋重負,説了一聲:「感謝主」,邁步離開口供房後看見教主正在外面等著,旁邊還站著一個身穿黑色西裝,貌似律師的中年男子。

「Calvin——」教主給予我一個擁抱,擔憂問道:「啲警察有冇行為難你?」

「冇呀,佢哋一直都好客氣。」我有點難為情道。

「有你唔怕講喎,佢哋有任何唔恰當嘅行為,我律師都會向警察投訴課反映。」教主的臉色忽然變得有些凝重起來。

　　我再次表明自己沒有遭到逼供後,教主才放下心來,與我一起並肩離開那裡。

「講起嚟慚愧,如果我哋早啲搵到條片,你就唔使畀班差人困住咁耐。」教主愧疚道。

我愣了一下，連忙搖手道：「成件事係我自己搞出嚟嘅，教主你搵律師幫我，仲證明咗我清白，我已經非常感激，嗰八個鐘咪當係一次另類體驗囉哈哈。」

　　「Calvin，」教主摟住了我的肩，語重心長地道：「大家喺同一間教會就係一家人，何況你係為咗幫 Lydia 出頭而招惹到個流浪漢，更加唔可以坐視不理。」

　　我看了教主一眼，有心想説些感謝説話，但回想起當時的情景，尤其是那個被我攻擊到的露宿者，心裡更是有著幾分餘悸，於是問道：「咁個流浪漢……？」

　　教主知道我想問甚麼，回答道：「佢喺醫院留緊醫，情況冇咩大礙。」

　　我頓時鬆了一口氣，和教主繼續往警署出口走去，正當我們經過報案室之際，一把溫柔而帶著驚喜的聲音從前方傳來。

　　「Calvin！」

　　我心頭一震，立刻轉頭往聲音處望去，只見那個熟悉的身影從椅子上站起，眼波流轉，似是安慰，又像是歡喜般看著我，不是 Lydia，又會是何人？

教主看在眼裡，呵呵一笑，然後對著我説：「我同律師走先喇，你返去好好唞下，朝早唔使趕住返教會。」

「多謝教主。」我高興道。

接著，教主又向 Lydia 道別。

「掰掰教主。」Lydia 輕輕揮手，目送教主和律師離去，方才轉過身來，拉著我的手問道：「Calvin 你冇事嘛？佢哋有冇話要告你？」

「我、我冇事，全靠教主搵到段片證明我清白。」她的手掌很柔軟，讓我的心跳都快了幾分，就連説話也有些緊張結巴。

Lydia 明顯鬆了一口氣，道：「咁就好喇。」

我強自鎮定下來，問道：「你一直都喺度等我出嚟？」

「係呀……始終件事係因我而起，同埋擔心你會俾人拉，又擔心你頭先受咗傷。」Lydia 微微皺起眉頭，深深的擔憂都寫了在臉上。

「咁如果我一直俾佢哋拘留……」我吶吶問道。

「咁我就一直等落去。」Lydia 緊緊地握著我的手不放。

「Lydia……」這個時候，我不知道該說些甚麼。

「Calvin，」Lydia 不敢看著我，低著頭低低地道：「我以前一直以為你係個遲遲鈍鈍嘅宅男，但經過今晚之後，對你有少少改觀。」

她慢慢抬起頭看著我，一雙明眸如水，有說不出的溫柔之意。

我渾身發熱，彷彿被炙烤一般。

平生第一次，血管以最劇烈的脈動震動著心臟。

「兩位，呢度係報案室，如果冇咩事就唔好留喺度喇。」卻被當值的警員一下子打斷。

Lydia 頓了一頓，臉上似乎莫名其妙地紅了一下，隨即點頭示歉道：「唔好意思，我哋走喇喇。」

「哈哈，都夜啦，我兜你返去吖。」我哈哈一笑，裝作甚麼事都沒有發生過。

Lydia 一怔，笑道：「但我同你唔順路喎。」

「我唔放心你一個人返去，等陣又遇上啲道友咁點算？」這句話卻是我由衷而發的。

「唔會喎？」Lydia 訝異道。

「呢排個社會立立亂，就算唔係遇上道友，都可能遇上連環殺人犯之類㗎⋯⋯」我故意唬嚇一下她。

「既然你堅持，咁我就恭敬不如從命喇。」Lydia 笑道。

「咁至係㗎嘛，不過唔好嫌棄我架車又窄又舊，唔似得教主架車咁⋯⋯」

　　說著說著，我們便離開了深水埗警署，把 Lydia 安全送到家，再回到自己的家時，天都已經快亮了。

　　我洗了個澡，一頭濕髮還未吹乾便躺在床上，想起晚上在天橋發生的那件事、那把電槍。

　　雖然有閉路電視片段證明那把電槍確實是從天而降，但又解釋不到為甚麼好端端一把電槍會突然從天而降，就像是有人預先得知我會在某個時間、某個地點被襲擊，然後特意駕車到附近天橋，拋下一把電槍給我。

到底是有人真的這麼料事如神，還是這件看似是隨機的偶發事件，背後其實是有人所設的圈套？他是誰？他的目的又是甚麼？又會不會是我想得太多，其實一切都只是巧合？就如六合彩也會有人中獎，當我遇上危險時碰巧有把美國警察制服疑犯專用的電槍掉到我身旁也不是完全沒可能的……吧？

　　我嘆了口氣，放棄了思考，因為再想下去也不會得到結論。

　　怎樣也好，這件事成了我和 Lydia 逐漸拉近距離的契機。看著我跟 Lydia 的對話視窗，心裡很明白自己在期待著甚麼。

　　期待著，跟 Lydia 的下一次再見。

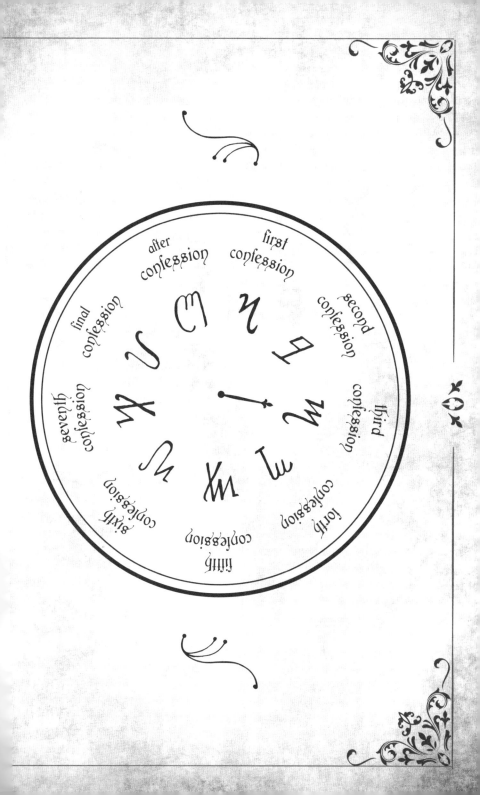

IIIʳᵈ Confession

自那天之後，又過了一個星期。

星期日，祭祀當天。

「但丁説，那起始之光，把世界萬物都照亮；接受這光芒的方式是多樣的，這與光芒的數量恰好相當——」

「正因如此，你可以看見那至高無上的德能，祂將自己分裂成不可盡數的明鏡，同時又保持統一完整……」

我一邊説著，目光一直有意無意地落在 Lydia 身上，她今天穿了白色連身裙，即使是便裝打扮，卻自然地流露出那份優雅和端莊的氣質。

她迎著我的目光，嘴角邊有著淡淡的微笑，輕輕朝我揮手。

我彷彿有種被逮個正著的感覺，嚇得趕緊移開視線，轉而望向台下的教徒。

「現在，請大家跟我一起低頭禱告：我唯一的主呀，感謝祢為我們死在祭壇之上，用寶血洗淨我們的罪，使我們得以被拯救和醫治……」

禱告結束後，整個祭祀儀式也隨之完結，人群漸漸散去。

「Calvin，」Lydia慢慢走了過來，連眼睛都是溫柔的笑意，問道：「等陣有冇約人？」

「冇、冇呀。」

　　真丟臉，現在跟Lydia說話竟然會緊張起來，變得像阿偉一樣口吃。

　　她直直看了看我，隨即「撲哧」一聲笑了出來，道：「附近有間新開嘅餐廳，等陣不如一齊去食吖？」

「好呀，」我臉上仍是一陣發熱：「我完咗懺悔儀式就出嚟搵你。」

「嗯，我去練下琴先。」她微微一笑，便轉身走到鋼琴前坐下，雙手輕輕觸摸琴鍵，準備彈奏。

　　我隨即走到懺悔室，走起路來整個人都輕飄飄的，就跟飛了起來一般。

　　跟Lydia認識這麼久了，這還是我們第一次單獨吃飯，不曉得會不會把她悶壞？

　　雖然我們早已認識彼此，但在教會中相處跟單獨約會始終是兩碼子的事，譬如我剛剛只是說句話便已經結巴，等會吃飯又是

這樣的話該怎辦？

我在懺悔室門前站了片刻，定了定神，沒有馬上推開門。

不對，我現在應該專心懺悔儀式才是，其他事情姑且先放到一旁吧。

我調整好情緒之後，便輕輕推開房門，走進小木亭裡面等待前來懺悔的弟兄姊妹。

等了一會兒，我便聽見有人進入房間的聲響，很快，屏風背後就傳來阿珊雀躍的聲音：「喂 Calvin！講啲嘢你知吖！」

「嘷，阿珊，我再講多次——」我的語氣漸漸凝重：「懺悔室並唔係用嚟傾閒偈。」

她卻不以為意，笑道：「你咪當我係入嚟懺悔囉。」

我搖搖頭，嘆了口氣。

算了，聽完便打發她離開吧，於是我問道：「咁你因為咩事而懺悔？」

「我殺咗人。」

她的語氣平淡而空洞，一改之前的輕佻語氣。

「喺神面前唔好亂講說話。」我提醒道。

懺悔儀式其實是懺悔者與神之間的對談，神父只是個中間人，以連接起兩方的溝通橋樑。

「邊個話我亂講說話？新聞好快就會報道呢件事，到時你唔好後悔然後返轉頭搵我呀。」她有些氣惱。

「咁你殺咗邊個？」我問道。

「電台主持葉公子。」她回答道。

「點解殺佢？」我不相信。

「因為佢想公開救世主嘅身份。」她回答道。

「點樣殺佢？」我仍然不相信。

「用餐廳嘅餐刀。」她回答得沒頭沒尾的。

「你可唔可以將成件事完完整整咁講出嚟？」我問道。

「咁要由探訪活動嗰晚開始講……」

　　阿珊故作神秘的哼哼，開始訴說起那天晚上，我被警察帶走之後所發生的事情。

「嗰晚你咪俾差佬帶走咗嘅，咁之後大家都冇咩心情繼續落去，所以個活動就提早結束咗。

本身我諗住返屋企嘅，行行下忽然諗起日頭嗰個電台主持，就係話自己知道救世主真正身份嗰個葉公子，於是我冇返到屋企，反而走咗去電台諗住碰下運氣，點知又真係界我喺門口撞到佢。

咁我走埋去問佢係咪真係知道救世主嘅身份啦，佢笑住咁話搵個地方坐低先慢慢講我知，咁我都唔蠢嘅，都 Get 到佢係想打我主意，不過我都照樣跟咗佢去。我哋喺附近一間餐廳度坐低咗之後，凡係有關救世主嘅話題佢都帶過，淨係掛住問我嘢，問我住邊又問我讀邊間中學，又借啲意抽我水，直到我冇晒耐性想走嗰陣，佢先解釋話周圍太多人唔方便講，不過咁唔佢屋企就喺附近。

我當時嬲到差啲爆粗，心諗浪費咗我咁多時間原來只係想吼蝦條，但同一時間又心諗，萬一佢真係知道救世主嘅身份，我咪白白浪費咗個機會？於是我趁佢唔為意偷偷地收埋咗把餐刀以防佢真係

想擒我，然後就上咗佢屋企。

點知上到去之後，佢真係拎咗一疊相出嚟，啲相好清楚咁影到救世主由殺人去到肢解嘅過程，角度全部都係高抄，應該係有人匿喺天台用長鏡頭偷影佢，更加難以置信嘅係，佢另外仲有一隻光碟，裡面有齊救世主嘅個人資料，由時辰八字去到中學暗戀過邊個，詳細到好似本人親自寫咁。

葉公子話啲嘢係有人匿名寄嚟，唔係寄去電台而係寄去佢屋企地址，收件人寫住佢個名。

佢當初都覺得有啲奇怪，點解會有人知道佢屋企地址，但既然嗰個人連救世主嘅真正身份都查得咁清楚，要查埋佢屋企地址簡直易如反掌，所以佢冇再深究落去。

我問葉公子打算點做，佢話幾日內會向全世界公開救世主嘅身份，我再問佢有冇透露過呢件事畀其他人知道，例如收到個匿名包裹之類。

佢笑住咁話，我係第一個知道嘅人。

佢好快冇咗笑容，因為我把餐刀已經插咗落佢個胸口度。

我拎走晒啲資料之後，就離開咗佢屋企。」

她如此輕描淡寫地説述，彷彿在説一件再也平常不過的事情。

但我聽在耳中，腦海裡不自禁地浮現出那幕恐怖的殺人情景，忍不住心頭一緊，下意識吞了一口口水。

「就因為個電台主持要公開救世主嘅身份，你就要殺咗佢？」我愣了片刻，才吶吶問道。

我內心正動搖著。

作為胡扯的故事，阿珊也説得太過真實詳細了吧。

「既然救世主一直保持住神秘，即係代表佢唔想俾人知道佢嘅真正身份，我只係順從佢嘅意思。」她回答道。

「咁你知唔知道寄包裹嗰個人係邊個？」我又問道。

「唔知道，但我會搵佢出嚟。」她的語氣很平淡，卻隱隱帶著殺氣。

那股異樣的氣息，懾得我一時忘了呼吸。

「等陣先，你睇過啲相同埋資料，咁即係知道救世主係邊個啦？」

我本來想這樣問，但話到嘴邊又住口了。

⋯⋯因為我也不想被她滅口。

「阿珊，我再問多你一次，你真係殺咗人？」我吶吶問道。

「死人 Calvin，原來我講咗咁耐你都仲係唔信我，算啦我唔懺悔啦，你就當我講大話啦。」

她怒氣沖沖說完便離開了懺悔室，留下我一個人悵然若失。

我隨即打開了 Instagram，找到電台主持葉公子的帳號，他最後一張照片是在上星期五發佈的，已經整整一個星期沒有更新內容了。

我忽然一驚。

不會吧？難道阿珊所說的都是事實？

但是，這也不一定代表葉公子被人殺了，或許最近正忙於工作，又或許沒有東西可以發佈，實在有太多理由可以解釋。

我苦笑搖頭，想著阿珊向來口沒遮攔、小孩心性，只是這次說得比較過份，下次找個機會跟她好好聊聊吧。

離開懺悔室後，我便走到大禮堂找 Lydia，還沒進去已經聽見一陣熟悉的琴聲，輕柔如流水般，很是美妙動聽。

　　我駐足欣賞了片刻，才輕輕推開了門，Lydia 的指頭頓時停了下來，顏側過來笑道：「完咗喇？」

「嗯，唔好意思要你等咁耐。」我吶吶道。

「唔緊要，咁我哋行得未？」Lydia 問道。

　　我點了點頭，她便提起手袋，跟我一起離開教會。

　　我和她並肩走在人多繁忙的街道上，沿途感受到很多人的目光都落在她身上，大多都是仰慕和羨慕的目光，但她的表情和平常一樣，好像早就習慣了這些目光。

「係呢，間餐廳喺邊㗎？」我問道。

「就喺前面咋嘛。」Lydia 笑著指向斜對面街一家新開幕的泰國菜餐廳，店外有著不少客人正排隊輪候。

　　當我看到是泰國菜餐廳後，立即深感不妙，因為我完全不能吃辣。

「係喎 Calvin，我都未問你食唔食得辣嘢。」Lydia 忽然抬頭問道。

「當、當然食得。」我強笑了一下。

「真係？唔使顧慮我㗎喎，我都唔一定要食呢間。」Lydia 的表情很認真。

「你信我，我真係食得辣。」我向她比了一個大拇指。

　　技術層面來說每個人都能吃辣，只是非所有人都能承受得到而已，所以我並沒有說謊。

「咁就好喇。」Lydia 這才鬆了口氣。

　　我們在店外一邊閒聊一邊等待，等了大概二十分鐘後才被安排入座。

「兩位望望餐牌先。」侍應向我們遞來兩份菜單。

「唔該。」Lydia 微笑接過。

　　我打開菜單一看，只見上面所有菜式的旁邊都標示著辣椒圖案，就連餐湯也是辣的。

不過，為了 Lydia，為了以後能夠陪她吃她喜歡的菜，我早就決定要豁出去。

「諗好食咩未？」Lydia 問道，一雙溫柔的眼睛正凝視著我。

我幾乎要忍不住迴避她那柔和的目光，點頭回答道：「諗、諗好啦。」

「好，」Lydia 笑了笑：「咁我叫侍應過嚟。」

這時，我放在桌上的手機突然傳來一下震動。

我滑開屏幕，看見是一則突發新聞：

「突發：電台主持葉公子被發現倒斃在家中，警方正調查事件。」

那一刻，我彷彿全身墮進了冰窖，震驚得連嘴巴都合不上。

半晌之後，待我回過神來，只見侍應皺起了眉頭，有些疑惑的看著我，問道：「先生，請問你要叫咩嘢食？」

Lydia 的臉上也隱隱有幾分憂色，問道：「Calvin？你係咪唔舒服？」

「對、對唔住！」我猛地一下站起：「我有緊要事走先！」

我轉身跑走，連 Lydia 在後頭叫喚我也聽不進去。

我心急如焚，以最快的速度奔回教會，一邊跑一邊打電話給阿珊，但她就是不肯接聽。

雖然葉公子的死仍須作進一步確認，例如是否謀殺案、兇器是否餐刀等，但單憑阿珊能夠在一個小時前，連第一個突發新聞都還沒發佈的情況下說出葉公子被殺的事實，便知道她肯定跟這案有著某些聯繫。

或許真的如她所說，她就是兇手。

眼下當務之急，先找到阿珊再說。

「阿珊……！阿珊你喺唔喺度！？」

我用力推開教會大禮堂的門，幾個本來在聊天的教友均吃了一驚，怔怔地望著我，卻不見阿珊的蹤影。

「Calvin？」教主從走廊的另一頭走過來，問道：「發生咩事？」

「教主我有急事想搵阿珊，你知唔知道佢喺邊度？」我焦急問道。

教主微顯遲疑，慢慢回答道：「阿珊離開咗教會都有一段時間喇喎……」

「咁呀……」我愈來愈焦躁不安，不知道該去哪裡找阿珊。

　　教主像是察覺到些甚麼，神情一下子凝重起來：「Calvin，你可唔可以跟我過嚟。」

　　我一心想要找阿珊，本來不想再多停留，但教主是一教之主，礙於情面不好拒絕，只得道：「……可以。」

　　教主領著我走進懺悔室，然後把門關上。

　　他轉過身子，心平氣和地問道：「你因為懺悔嘅事搵阿珊？」

「教主，唔通你都知道阿珊……？」我吃驚問道。

「欸，我咩都唔知道。」教主打斷了我的話，又道：「只不過我唔係第一次遇上呢種情況，對上一次，Jacob 神父都試過好似你咁衝上嚟教會搵人。」

　　教主負手走到窗邊，眺望著灣仔區的高樓大廈，慢慢地道：「Calvin，我嚟問你，你知唔知我哋教會嘅存在價值係咩？」

「教會嘅存在價值？」我皺了皺眉，不知道教主為甚麼會問這個問題，但還是回答道：「咪就係提供一個地方畀教徒去敬拜神，事奉神，作見證同成長……」

「事實並唔係你所諗嘅咁樣。」教主背對著我，以致我看不見他的表情：「我哋嘅存在價值係接收人性嘅陰暗面，接收晒大家平時唔敢同人講嘅嘢，就好似一種 Customer Service 咁，大家因為我哋係一間教會而信任我哋嘅 Service，因為對於我哋嚟講，教會嘅律法就係神嘅律法，勝過一切。而教律列明懺悔儀式嘅內容係神聖不可侵犯，我哋就用自身人格保證，就算有人喺懺悔室話自己姦污咗我哋嘅妻女，我哋都絕對唔可以追究，又或者對任何人透露半句。」

「所以──」教主忽地轉身，目光變得深邃和銳利，注視著我道：「如果你繼續咁樣管法，就係違反教律，破壞緊教徒對我哋嘅信任。」

我很想反駁，但不知該如何反駁。

儘管教主說得有點讓人難以接受，但我們神父的確有絕對的義務去保護懺悔秘密，違者會被褫奪神職。

「唔通所有犯罪我都只能夠包庇？」我無力地問道。

教主沒有直接回答我的問題，只是走過來拍拍我的肩膀，淡

淡道：「你唔遵守保密義務嘅人就唔會再喫，咁以後邊個供養教會？邊個供養你同我？」

「Calvin，今次係第一次警告，唔好要我畀第二次警告你，我都唔希望事情發展到嗰個地步。」

　　教主說完便離開了懺悔室，敞大的空間，一時陷入了一片寂靜。

　　我只覺得，自己的腦海一片空白。

　　這麼多年來的做人良知，竟在一時之間幾乎完全被否定了。

　　沒一會兒，手機忽然響起──是阿珊的來電。

「喂Calvin？你係咪搵我有事呀？」是阿珊的聲音。

「……冇事。」我淡淡道。

「你真係冇事搵我？」阿珊又問了遍。

「嗯。」我應了一聲。

　　阿珊滿意一笑，續道：「冇事搵我就最好啦，唔講住喇，掰。」

掛線後，我繼續待在懺悔室裡面，沒有出來。

Lydia傳了訊息過來，問是否出了甚麼事，很擔心我，我只跟她道了個歉，但沒有解釋原因。

一直到了晚上，因為教會要鎖門了，我才離開懺悔室，離開教會。

我漫無目的地走到灣仔海旁，倚在欄杆前，看著五光十色的維港夜景發呆。

滿腔的鬱悶失落無處宣泄。

「呼。」有個男子在我旁邊抽煙，深深吐出口氣。

他的年紀跟我差不多，個子很高，戴著一副無框眼鏡，渾身散發出來的氣質告訴我，他應該是個音樂家。

他注意到我的視線，另一隻手舉起小提琴，笑道：「樂團排練偷走出嚟，你呢？」

「有啲嘢我唔想返去面對。」我淡淡回答道。

「咁你同我都差唔多。」他吐出一個煙圈，微揚的嘴角在白霧裡

帶著笑意。

　　就在這時，遠處忽然傳來一下女子叫聲，我轉頭看去，只見有個女子模樣的人正從遠處恨恨跺腳而來。

「John！」

　　那男子在驚駭中轉頭，一看見那個女子，嚇得馬上把煙頭扔到地上踩滅，像見鬼似的逃跑而去。

　　女子看在眼裡，也拔腿追了上去。

　　我站在原地，當女子離我愈來愈近，從我身旁擦身而過時，才清楚地看見她身穿黑色晚禮服，姿容嫵媚秀麗，一頭金黃色大曲長髮隨著步伐左右擺動，手上好像還拿著一根指揮棒。

「唔好追我呀！」那男子的聲音隔了老遠傳來。

「你唔跑我咪唔追囉！」那女子大吼道。

　　他們跑得愈來愈遠，很快就消失在我的視線中。

「唉──」我心情煩悶，重新望向大海。

迎著鹹苦味道的海風，我拿出手機打發時間，滑來滑去，卻只看見滿版有關葉公子的新聞，我一氣之下把手機扔到海裡。

「噗通」的一聲，手機就這麼直直地沉到海底。

我有點悵然若失。

忽然想回家了。

我沿著行人天橋，走在回去取車的路上，這條橫過告士打道的天橋在白天也沒有多少人經過，晚上更像死一般的冷清，除了我之外，橋上就只有一個站在護欄邊的女子，她低頭看著腳下繁忙的車流，心裡不知道在想甚麼。

大概和我一樣，也是滿腹心事無處可訴吧。

這個時候，清涼的夜風吹來，拂起她柔軟的黑色長髮，露出一張清秀柔弱的側臉。

我睜大了雙眼，因為那是教會的 Joise。

我心中好奇，正想過去打聲招呼，順便問她為甚麼會在這裡，她卻忽然抬腿跨出了欄杆，想要跳下去。

「喂！唔好呀！」

　　我嚇得叫了出來，她看見我時有那麼一瞬間愣住了，但隨即又想把另一隻腳也跨出去，我馬上衝過去抓住她的手臂，生生把她從欄杆上拽了下來。

　　然後，我們雙雙往地上跌去，在緊張關頭下我讓自己的身體成為肉墊，保護了她，儘管 Joise 身材纖瘦，但這股衝力仍然壓得我有些吃痛，而倒在我身上的她，竟然開始哭了起來。

「你冇事吖嘛？係咪邊度跌親？」我連忙將她扶坐在欄杆前，她只是搖了搖頭，眼眶裡盈盈盡是淚水。

　　看著她那麼單薄而脆弱的身影，我一心想安慰她，卻連她為甚麼會哭都不知道，無奈之下只好向她遞出一張面紙，讓她拭去眼淚。

　　她抽抽噎噎地接過我的面紙，輕輕擦走了臉上的淚水後，過了好半晌，才慢慢止住了哭泣。

　　我隨即鬆一口氣，靠著欄杆坐在她旁邊的地上，只是安靜地坐著，至於她為甚麼要跳橋，我沒有過問，也不會過問。

　　她也沒有說話，只是默默注視著天橋下的車流，怔怔出神。

時間緩緩地流動著，久久，我們兩人都未發一語。

直至有路人經過，丟下了一個五元硬幣給我們。

我看呆了眼，抬起頭望著 Joise，她也同樣看著我，未幾，都不禁相視一笑。

「有冇搞錯……我哋邊度似係乞衣呀？」我無奈笑道。

「係囉。」Joise 難得地笑了，笑容很淡，但仍牽動雙頰的小酒窩。

像是春風在凜冬降臨，融化了她本來的冷淡氣質。

「笑返咪幾好。」我發自內心地道。

「……」被我這麼一說，她立即收起了笑容，變回往常慣有的冷漠表情。

正當我以為自己說錯了話之際，她便站了起來，對著我說：「我冇事喇，多謝你。」

我也跟著站起來，問道：「真係冇事？你會唔會再次諗唔通……」

我吞了一口口水，說不下去了。

她亦低頭不語，目光漸漸黯淡了下來。

沉默，又一次降臨。

「Joise，你可唔可以伸隻手出嚟？」我問道。

「做咩？」她微感意外。

「唔使驚，我只係想界樣嘢你。」我解釋道。

她遲疑了一下，終究還是慢慢把手伸了出來。

我拿著她的手掌，在掌心寫下「OK」兩個字，然後合上。

「Everything will be OK.」我輕聲而堅定地道。

她一怔，一時說不出話來，然後，一雙眼眸默默注視著我，微微的，彷彿還帶著一絲羞澀，微笑了。

「嗯，我唔會再做傻事。」

天橋下的車流就像城市的脈動，她的笑容恍如是夜裡，輕輕

綻放的百合花。

我也笑了，溫和地笑了，竟暫時忘卻了一整天以來的鬱悶。

在這之後，我們一起走路回去，並在灣仔地鐵站口前道別。

「你真係唔使我車你返去？」我向 Joise 問道。

「唔使喇，都唔順路。」她靜靜地回答道。

「咁好啦，你自己一個人小心啲。」

我目送 Joise 走遠，待她的身影消失在地鐵站入口後，方才轉身離去。

「先生，攞張傳單睇下吖。」忽然有名中年女子將傳單遞到我面前，笑容禮貌地道。

我本來想婉拒，但當看見傳單上面的內容，人卻怔住了。

「救世主崇拜會？」我吶吶問道。

這張傳單看起來要多可疑就有多可疑，上面還寫著聯絡人阿珊的名字，以及一組一看就覺眼熟的電話號碼。

不會錯的，這個崇拜會是阿珊弄的。

中年女子見我有興趣，臉上的笑容更大了：「係呀先生，我哋聽日會舉辦一個大型聚會，如果你都認同救世主嘅話，好希望你都可以出席呀！」

我忽然靈機一觸，向她問道：「請問你依家係咪邀請緊我出席？」

那中年女子眉頭一皺，彷彿覺得我提的問題有些奇怪，但還是笑著回答道：「冇錯呀先生，我哋好需要你，好需要多啲人出席，話畀個社會知道愈嚟愈多人支持救世主。」

我會心微笑，非常滿意她這個答案，於是又道：「咁我使唔使報名？」

「要呀，不過只需要留個英文名同埋電話號碼畀我哋就得㗎喇，好簡單㗎咋。」她高興地道。

接著，我便跟她到街站填寫報名表。

現在的我，沒有洩露懺悔秘密，也沒有主動去追究懺悔者的責任，只是被動地接受邀請，參加崇拜救世主的聚會。

這樣的話，既不會違背良知，又不會違反教律。

我直覺認為，自己能透過這個聚會，找出救世主的真正身份。

知名電台主持人被殺
警籲市民提供資料

10 月 29 日，失蹤多日的電台主持人葉公子被發現陳屍在家中，死亡時間約已超過一個星期，該事件引起了社會各界的廣泛關注，警方經調查後，將案件列作謀殺案處理，交由九龍城警區刑事調查隊跟進，正追緝一名涉案女子。

昨晚報案中心接獲市民報案，報警人自稱為死者的好友，因死者已失蹤近一個星期，到死者家中查看後發現死者倒臥家中地上，已經死去多時。

根據警方所提供的消息，死者胸口插著一把西餐廳的餐刀，因失血過多而死，而死者在一個星期前（10 月 22 日）的晚上曾經到過樓下的西餐廳，停留時間為五十分鐘，隨後帶著一名戴口罩、束馬尾的女孩子一起回住處。

從死者所住的大廈的閉路電視畫面中可見，當時一個戴著口罩、束馬尾的少女挽著死者的胳臂，兩人一直有說有笑，隨後女子孤身一人離開大廈。

目前該女子的身份未明，但警方相信該女子跟案件有關，九龍城刑事調查隊正調查該案件，呼籲任何掌握案件資料的人士，致電與探員聯絡。

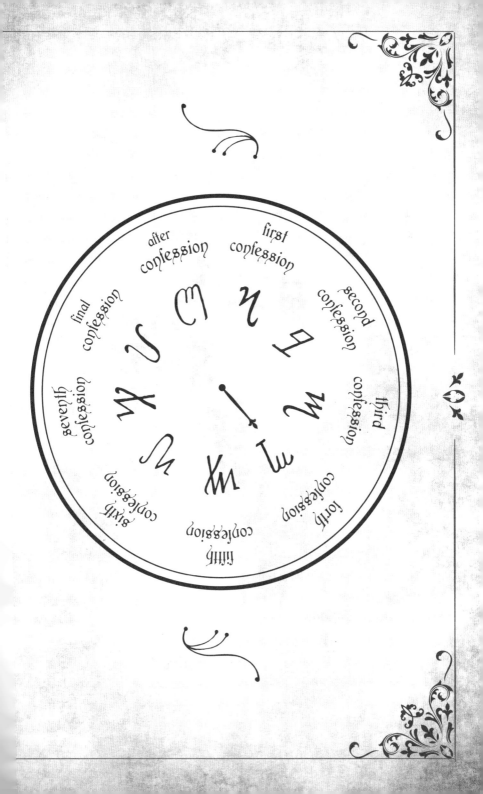

IVᵗʰ Confession

　　下班後，我直接乘地鐵前往聚會地點，以免自己的車輛泊在附近被阿珊認出。

　　聚會地點是一個表演場地，位於觀塘區一幢工廈內，來的人大多是奇裝異服、釘環穿孔的年輕人，若不是聚會地點的門口寫著「救世主崇拜聚會」，我還以為自己來錯了地方。

「名。」門外負責登記的大漢手臂佈滿了刺青，一看就知道惹不得。

「Calvin。」我吞了一口口水。

「電話頭四個字。」他冷冰冰的問道。

「6447。」我盡量保持若無其事的樣子。

　　他瞥了我一眼，表情沒有變化，然後翻著手上的名單，核對過後便從身旁紙箱取出一個眼罩遞給我。

「戴住眼罩入去，唔好整唔見。」他面無表情的吩咐道。

「係嘅！」我依言戴上眼罩，進入了聚會場所內。

　　裡面擠滿了無數年輕男女，他們在昏暗的燈光之下，身體隨

著舞台上的音樂搖晃著，音樂停了便吶喊鼓掌，我找了個黑暗的角落，隨著大伙兒一起搖晃身體，暗地裡留意著周圍的動靜。

燈光很暗，人群熙熙攘攘，但還是看的很清楚，就在人群最接近舞台的地方，有一個身高大約一米六，扎馬尾穿著校服的女生，雖然戴著眼罩遮住了半張臉，但我還是一眼認出她就是阿珊。

在舞台上演奏的樂隊換了一隊又一隊，阿珊始終隨著音樂的節奏蹦蹦跳跳，也並沒有甚麼特別的舉動。

「救世主拯救我哋——！」舞台上的主音甩著長髮，大聲嘶吼著歌詞：「Cut off——！將罪惡肢解——！」

重低音的音箱震得全場地板隆隆作響，人群情緒瞬間高漲，瘋狂地吶喊高叫，興奮到了極點。

「鮮血濺起，洗淨佢哋嘅罪孽，Blood Splash——！！！」

長髮主音唱至最興奮處，忽然從舞台躍進人群之中，人群將他的身體托起、拋上拋下，一同尖叫吶喊，將現場氣氛推至最高點。

「Blood Splash！」
「Blood Splash！」

「Blood Splash！」

然後，嚓地一聲，現場全部燈光突然亮起。

只見阿珊不知道在甚麼時候走上了舞台，沐浴在聚光燈的光芒下，面向台下所有人微笑。

眾人先是一呆，但一看見是阿珊後馬上便一陣騷動，用比之前更加熱烈的聲音喝采，而我則悄悄藏在一根大柱子後面，免得被她發現。

阿珊抬手讓人們都平靜下來，隨即嚴肅地道：「依家進入下一個環節，如果你有說話想講畀救世主知道，請你上嚟台度放膽咁講出嚟。」

接著，阿珊的背後慢慢降下一塊巨大的投影布幕，一個代表著救世主的符號清晰投射在幕上。

「我老公每次賭輸錢都會搵我出氣，初初拳打腳踢，直到最近佢變本加厲，開始用摺凳、玻璃樽、木棍打我，仲、仲逼我出去接客畀錢佢去賭⋯⋯」

「殺！！！」

「我爸爸唔肯幫一個黑社會大哥洗黑錢，期間發生言語衝突，結果嗰個大哥唔忿氣搵人打到我老豆半身不遂，以後都要掛住尿袋做人……」

「殺！！！」

「我同男朋友喺埋一齊之後，佢個前度唔抵得，用鏹水淋到我塊臉咁……嗚……嗚嗚……」

「殺！！！」

「我、我因為成績差，跟唔上……學校個老師針對我……撕、撕爛我啲功課，當眾摑、摑我……話、話我係低能仔……」

「殺！！！」

　　每當台上的人說完，台下的群眾都會大聲喊殺，個個臉容扭曲、猙獰之極，直如野獸一般。

「偉大嘅救世主大人呀，」阿珊站在台上，高高舉起雙手，「求祢垂聽我哋嘅請求，求祢用神聖嘅雙手去懲處嗰啲不義之徒，用佢哋流出嚟嘅血洗淨佢哋嘅罪──」

「洗淨佢哋嘅罪──」台下所有人均高舉了雙手，跟著阿珊唸了起

來，氣氛十分詭異。

　　整個過程大概持續了一分鐘，然後阿珊便慢慢垂下雙手，宣告今天的崇拜聚會結束。

「出口喺呢邊，大家唔使急慢慢嚟。」在場地工作人員的指示下，人群很有秩序地慢慢離開。

　　我一時躊躇不定，在這裡一整個晚上連丁點兒收穫都沒有，難道就這樣回去嗎？

　　我想了一想，打算繼續藏在大柱子後面，待所有人走了之後繼續調查，怎料忽然有人輕拍我的肩膀，客氣地道：「先生？聚會已經結束咗，請你從出口離開。」

「哈哈……好呀。」我沒法子繼續裝傻，只好隨著人潮離開。

　　走到外面的走廊上，我左顧右盼，隨即躲進了防煙門後面的樓梯間，留待機會折返回去。

　　眼見聚會場地的人離開得七七八八，但剛才那個刺青大漢依然守在入口處，很明顯不會讓人簡單通過，而且阿珊也一直沒有出來，應該是有些甚麼事情所以還在裡面。

又過了片刻，直至再也沒有人從裡面出來，我深深呼吸了一下，便慢慢向著入口處走去。

刺青大漢察覺到我走近，目光灼灼的盯著我，問道：「你有咩事？」

我被他盯得有些不自在，尷尬笑道：「係咁嘅，我懷疑自己喺裡面跌咗個銀包，諗住返入去搵下。」

刺青大漢皺了皺眉，看著我上下打量，然後好不情願地拿出手機，撥了個號碼，冷冷問道：「Danny仔，有冇執到銀包？」

刺青大漢將手機貼近耳邊，聽了一會。

「嗯。」刺青大漢應了一聲，很快掛斷了電話，道：「我哋冇執到銀包。」

我的心立即沉了下去，但還是強笑了一下，道：「或者你哋咁啱見唔到呢？不如畀我入去搵下，望一眼就夠㗎喇，唔會阻你哋好多時間。」

「我話，」刺青大漢向著我踏前了一步，目光不善道：「我哋冇執到銀包。」

「好、好嘅。」我只好轉身離開，走到電梯旁，伸手按下電梯按鈕。

轉頭一看，只見刺青大漢的目光一直盯在我身上，似乎要確認我已經完全離開才能放心。

我嘆了口氣，看來今天就只能如此了。

就在我放棄之際，刺青大漢在毫無預兆地，「咚」的一聲就倒下了。我怔了一下，小心翼翼地走過去，發現刺青大漢的脖子上扎著一根麻醉針。

我心臟猛的跳了一下，強烈的危機意識告訴我，有危險！

我來不及多想，馬上用雙手捂著脖子保護自己，全神貫注地警戒著周遭的一切，但是，空蕩蕩的走廊上，只有我和躺著的刺青大漢，沒有其他人的蹤影。

我忽然有種難以言喻的既視感，總是覺得以前有發生過類似的事情，但具體在哪裡發生，我又想不太出來。

「喂……？」

我試著叫了一聲，可惜刺青大漢一點反應都沒有，於是我伸手去探他的鼻息，發現還有淺淺的呼吸，總算鬆了一口氣。

但是，這到底是誰幹的？會不會有人跟我一樣，也在調查這個救世主崇拜會？此刻他人在哪了？

不過，也算了。

現在正是大好機會進去裡面。

我慢慢推開了門，輕手輕腳地溜了進去，只見人去樓空的聚會場地內，此刻有六名男女正圍著一個被麻繩綁在椅子上的男子。

站著的人包括阿珊，他們都戴著剛才的眼罩，其中一個釘著鼻環的男子開口道：「頭先當場斷正佢偷影我哋嘅會員名單。」

我遲疑了一下，悄悄藏在吧枱後方，偷偷探頭出來看。

「我都覺得奇怪㗎喇，佢入會咁耐都冇乜講過自己嘅嘢，原來又係個死臥底。」紫髮女子端詳著自己的手指甲，漫不經心地道。

「佢仲知道我哋幾多嘢？」另一個長髮男子問道。

「淋醒佢問下。」阿珊淡淡道。

話音剛落，釘鼻環男子便把水潑到被綁男子的臉上。

男子皺了皺眉，迷迷糊糊的醒來，發現自己全身被五花大綁，臉有難色，勉強擠出一絲笑容，問道：「你哋做咩搵啲咁嘅嘢嚟玩呀？」

「喂，你究竟知道我哋幾多嘢？」釘鼻環男子輕拍著被綁男子的臉。

「咩、咩呀？我唔明你講咩喎？」男子一副無奈的表情。

「你做乜偷影 Member List？」長髮男子淡淡問道。

被綁男子苦笑一聲，無奈道：「我諗係一場誤會，我只不過係咁啱見到枱面有疊紙，一時好奇咪揭嚟睇下囉，跟住有個電話打入嚟，我咪拎出嚟聽囉，又咁啱 Danny 仔喺呢個時候行入嚟……」

被綁男子話說到一半，忽然嘆了口氣，彷彿已經認命一般，緩緩又道：「好啦好啦，我講真話啦，其實我一直以嚟，都對某個 Member 有好感！好死唔死我個人鶴鶉，唔敢主動問佢拎電話，所以先至會走去偷影佢個電話號碼！」

「但你哋信我！我絕對唔係啲咩臥底！」被綁男子激動地道。

釘鼻環男子嘆了口氣，拿出了一本筆記本，問道：「咁呢本

嘢你點解釋？」

　　被綁男子一看見筆記本，臉上登時血色盡失。

「頭先喺你個袋度搜到嘅，」釘鼻環男子隨手翻開一頁，開始朗讀道：「二零一七年十月二十四日，在我跟會長阿珊的對談中，她提到自己已經得悉救世主的身份，並且和他（她）有過面對面的接觸……」

「……」被綁男子知道自己大禍臨頭，整個人都顫抖了起來，連反駁的力氣都沒有。

　　釘鼻環男子笑了笑，翻了翻筆記本繼續朗讀道：「二零一七年十月二十五日，當我提及電台主持葉公子的時候，會長阿珊語氣曖昧地暗示自己……」

「挑那媽，讀夠未呀，」吃著雞腿的肥胖男子不耐煩地打斷，「傾下點處置佢仲好啦。」

「仲邊使傾呀？唔殺唔得啦下話。」紫髮女子忍不住笑了出來。

「等我嚟。」長髮男子說罷，便轉身朝我的方向走過來。

　　我心頭一跳，馬上把頭縮了回去，並用雙手搗著嘴巴屏住呼

吸，只聽見他的腳步聲慢慢向我接近，然後停在距離我不到一米的地方，「鏘」的一聲從吧枱的刀具架上取出一把刀後，他靜止了一會，才慢慢走回去。

我深深吸氣，激烈跳動的心臟這才慢慢平服下來，便在這個時候，被綁男子開始痛哭求饒道：「求下你哋放過我……我老婆啱啱先大肚，父母又年紀大需要我照顧，我發誓唔會將任何嘢講出去，唔係嘅話天打雷劈，絕子絕孫，不得好死……」

我再度探頭看出去，只見被綁男子哭得一塌糊塗，但在場根本沒有人在意他的話。

「挑那媽，你做得臥底就預咗啦。」肥胖男子繼續大口啃著雞腿。

「你都係崇拜會會員嚟，應該好清楚做二五仔嘅下場只有死路一條。」釘鼻環男子不屑一顧地道。

「唔好咁多口水啦，喐手啦。」阿珊雙手交叉。

被綁男子眼見求饒不管用，馬上轉變策略，扯開喉嚨大叫救命。

「救命呀——！救命呀！！！」被綁男子一邊大叫一邊拼命掙脫繩縛。

就在下一個瞬間，長髮男子當頭就是一刀劈砍下去。

「等陣。」忽地一聲淡淡的話語傳來，長髮男子猛的停住了手中正準備砍下的西瓜刀。

被綁男子睜大著眼睛，看見刀鋒離自己的鼻樑只剩下不到一公分的距離，身體因為太過恐懼而劇烈的顫抖著。

「交界我親自嚟手。」聲音來自一直沉默的矮小男子，聽著耳熟，但還沒等我想起那是誰的聲音，矮小男子便摘下了眼罩，露出一張我完全意想不到的臉孔。

阿偉。

然而，更讓我目瞪口呆的，是阿珊接下來所說的話。

「係嘅，救世主大人。」阿珊單膝跪下，其他人也跟著做，臉色凝重。

長髮男子恭恭敬敬地將西瓜刀刀柄遞過去給阿偉，阿偉接過後，突然像變了個人似的，眼神平淡到了極點，卻散發著令人窒息的威壓。

「流出你的血，洗淨你的罪。」

阿偉一手搗住了被綁男子的嘴巴，然後用那銳利的刀尖，一點一點地，緩緩刺入對方的頸椎。

　　被綁男子全身動彈不得，只能露出痛苦之色，任由利刃愈刺愈深，然後，阿偉握住刀柄的手用力一扭，被綁男子睜大了眼睛，甚至無法大叫出聲，我卻清楚分明地聽見他淒厲之極的慘叫聲。

　　他的血肉就像稀泥般被攪動，鮮血如同開閘的水龍頭，順著刀鋒一直流淌到阿偉的手上，再滴到地上匯成一灘血泊。

　　「*沒有流血就不能赦罪……沒有流血就不能赦罪……*」眾人如夢囈般低吟，氣氛詭異得像邪教儀式，被綁男子噴出一片血霧，脖子一歪，當場氣絕。

　　我恐懼到遍體生寒，顫抖地拿出手機想要報警，卻不小心碰到語音輸入的按鍵。

　　「*咚咚——*」

　　「邊個？」長髮男子轉頭看著我的方向，眉宇間露出殺氣。

　　我瞳孔收縮，快速按下第一個「9」字。

　　長髮男子一蹬腳，身形掠出。

第二個「9」字。

長髮男子衝到我面前一尺，對上了我的目光。

第三個「9」字。

正要按下撥出鍵時，我雙腳離開了地面，整個人向後飛撞上牆壁。

「呀嗯——」我發出痛苦的聲音。

手機脫手墜地，屏幕顯示著三個來不及撥出的數字。

長髮男子用一隻鐵鉗般的手掐著我的脖子，把我高高提起，強按在牆上。

我感覺脖子都快要被他一股巨力捏斷，雙腿不斷亂蹬掙扎道：「放……放手，放我落嚟！」

「Calvin？點解你會喺度？」阿偉的嘴巴張得老大。

阿珊立刻跪下，顫抖著道：「對唔住，係我將葉公子嘅事講咗畀佢聽，佢先至會追查到嚟呢度。」

「你……你哋全部都癲㗎！」既然怎麼都是死，倒不如在死之前罵個痛快。

「救世主大人，」長髮男子緊盯著我，發出極其強烈又毫不掩飾的殺意，「我可以即刻解決佢。」

「等等，」阿偉揚起手叫停了長髮男子，「畀我同佢傾下先。」

長髮男子將我放下，但擺出一副隨時都能取我性命的姿態。

我猛地低頭大口吸氣，總算找回活著的踏實感，大吼道：「殺人魔！我同你冇嘢好傾！」

「你平時聽咁多人嘅懺悔，點解唔可以聽下我嘅懺悔？」阿偉的語氣很平靜。

「砰！」我滿腔怒火無處發泄，一腳踢向了吧枱。

我很憤怒，但更多的是失望，我在教會裡相熟的教友，竟然是個沒血性的殺人混蛋。

「好！」我咬牙強忍著憤怒，道：「我畀你講，你點解要殺人！」

阿偉看著我，得意地道：「我殺人係為咗洗淨佢嘅罪孽。」

「你以為用咁嘅理由就可以將成件事合理化？家陣講緊殺人呀！邊個賦予你權力殺人！？」我大聲質問道。

「係神賦予我權力。」阿偉微笑道。

我的怒氣瞬間暴漲，阿偉這個講法根本是在含血噴人，甚至是褻瀆神。

阿偉呼了一口氣，繞著我慢慢踏步，眼中精光閃爍，彷彿正值情懷激盪，慢慢說來。

「人一旦犯罪，就只會繼續犯罪。

曾經傷害過人嘅罪犯，出獄之後仍然會繼續傷害人；犯過風化嘅罪犯，出獄之後仍然會繼續犯風化。

因為犯罪因子存在喺基因裡面，只有通過死刑先可以完全洗淨。我一直覺得神交託咗個使命畀我，要我替佢洗去世間所有污穢，除淨所有罪惡。

就喺兩個月之前，我終於下定決心，殺咗第一個罪犯。

成個過程，我心情出乎意料地平靜，雖然係第一次，但就非常熟練。從攞刀殺人到開膛肢解，都一氣呵成。

嗰一刻，我終於確信自己就係神嘅使者。

自己就係正義。

自己就係救世主。」

　　阿偉話說到後頭，表情像喝了醇酒，露出詭異的狂喜，我愈聽愈心寒，大聲怒道：「你口口聲聲話殺罪犯，邊啲罪犯要殺，邊啲罪犯唔需要殺，個標準係乜！？」

「我就係標準，因為我代表絕對正義。」阿偉淡淡笑了笑。

「你咁樣只係獨裁，純粹為咗滿足自己，鍾意殺邊個就殺邊個！」我咬牙切齒道。

「Calvin，你咪又係同我一樣獨裁，你鍾意放過邊個就放過邊個。」阿偉不以為意道。

「咩嘢叫我同你一樣？你講嘢小心啲。」我厲聲道。

「成間教會總有人犯啲比較嚴重嘅罪，就好似阿珊咁，佢為咗我而殺葉公子；亦有人犯啲偷雞摸狗嘅濕碎嘢，例如搞下婚外情之類，阿珊你就想報警拉佢，其餘嗰啲就畀機會佢懺悔、改過，你用緊嘅又係咩標準？」阿偉皺著眉頭。

「兩件事根本唔可以相提並論！」我大吼道，「即使我告發阿珊，佢都會經由法律嘅公平審訊決定係咪有罪，然後改過自新重新做人，而你就直接殺人，完全唔畀機會人改過！」

「如果香港有死刑呢？就算冇死刑，終生監禁同玩完都冇分別，你同樣都係斷送人嘅一生。」阿偉嘆氣道。

我沒有回答。

因為阿偉只是在狡辯。

回應他的，只剩下一對失望透頂的雙眼。

「挑那媽，不如都係殺咗佢啦。」肥胖男子滿口含著雞腿肉道。

「唔呀，睇佢個樣只會向差佬報串。」紫髮女子對著我哼了一聲。

「留低你嘅遺言啦！」釘鼻環男子向我踏前了一步。

　　阿偉轉頭瞟了眾人一眼，目光冰冷，眾人頓時噤若寒暄，不敢抬起頭來。

「Calvin，」阿偉重新轉頭，對著我道：「目前為止你都冇抵觸到我嘅正義，就算你踩上嚟呢度查我，都係因為有顆善良嘅心，所以我係唔會殺你。」

「你都返嚟喇，返去好好休息，諗清楚係咪真係要告發我。」阿偉拍拍我的肩頭，便轉身走了。

　　眾人目送著阿偉離開，再不發一言，開始「處理」那個臥底的屍體，開膛切塊，當我是空氣一樣不存在。

「嚟多杯。」我不知道這是第幾杯酒了，只是那酒保的臉色看起來不太好。

「先生，您已經飲咗唔少，不如埋咗張單先？」那酒保已經很不耐煩了。

「嗝⋯⋯好！碌卡得唔得？」我含糊地道。

「可以呀先生，總共係九百八十蚊。」酒保說了一聲謝謝，就接

過我手中的信用卡。

　　付完錢後，我發覺自己真的喝得有點多，望向別人都出現了重影。

　　跌跌撞撞的往門口走去，不一會兒，迎面一股冷風，胃裡翻江倒海的，受不住跌坐在酒吧門口吐了起來。

　　分不清是淚水還是鼻涕的我，實在不想站起來，也不想看見明天的太陽。

　　「嘔！好辛苦！」一陣翻江倒海，把我的胃都掏空了。

　　「你冇事吖嘛？」一道清亮的男性聲音，忽然在我前方響起。

　　「冇、我冇……事。」雖然我想站起來，但只是想了想，實在沒力氣爬起來，索性就坐在酒吧門口。

　　「睇你個樣好似唔係太好咁，不如我扶你入去坐下？」男子又開口道。

　　我模模糊糊地應了一聲，便被男子攙扶著又進了酒吧，我隱約感覺到他身材修長，骨節纖細，似乎穿著大衣。

他把我安頓好後，為我點了一杯溫水，又為自己點了一杯牛奶。

「酒精傷胃，飲啲暖水暖下胃。」他和煦的態度，讓我一下子就崩潰。

「哇呀！」我伏在桌上，大聲痛哭起來。

我感受到那人的手輕拍著我的後背，如同微風一樣溫和的聲音傳來：「發生咗啲咩事？可唔可以講畀我聽？」

我摸到桌子上的溫水，大口一喝，道：「一言難盡！」

「我叫Azul，如果你唔介意嘅話，不妨試下講出嚟，講出嚟後就會舒服好多。」Azul托著自己白皙俊美的臉龐，笑容看起來很親切，年紀大概跟我差不多。

「唉，我份工⋯⋯我覺得自己再做唔到落去。」我只能說到這裡了，畢竟教友就是連環殺人犯救世主，要我如何說出來？

「咁問啦，你份工好辛苦？定係壓力太大？」他認真想了一下，喝了一口牛奶後問道。

「我咁做唔得，咁做又唔得，好辛苦，你明唔明⋯⋯？」我想了

又想，好像這樣説比較貼切，但我不知道他有沒有聽懂。

「如果可以，我想一走了之。」還未聽他開口，我又補充了一句。

「咁呀，如果你走咗，肯定會有人頂替你嘅位置，咁你咪即係將痛苦轉移畀其他人？」他輕聲問道，彷彿這種事在他眼中，好像很不可思議一樣。

「但係我冇辦法，我真係做唔到落去！」接近崩潰的我，有種想破罐子破摔。

別人痛不痛苦我都不想管了，我連溫水也喝不下去，抱著頭，將頭深深埋進兩臂之間。

「其實人哋痛唔痛苦的確唔關你事，但係，你係咪覺得自己要認輸？」他這話説得很輕微，但是不知怎的，我居然一字一句都聽得清清楚楚。

喝醉的人，意識不是應該很模糊的嗎？為甚麼在這一刻，我會聽得這麼清楚。

「我……」我一時語塞。

「其實，一個人之所以痛苦，係因為佢只係見到表面……」他繼

續説道，「你應該畀啲時間自己，如果你更加理解事情嘅內在或者深層嘅意思，可能你就會睇開。」

「即係點……」我聽不懂他在説甚麼，但是我不知道應該如何怎麼表達自己的不懂。

「即係話，你嘅人生，你自己決定，即使上帝都唔可以幫你作主。」説完這句，他臉上露出頗有深意的笑容，然後就走了。

「……」我抱著頭沉思了一會，猛地抬起頭，正想説點甚麼的時候，發現身邊的座位已經沒有人。

那人……不見了。

我拖著疲憊的身體回到家，把自己狠狠的摔到床上，滿腦子都是剛剛那人的説話，他説，你要認輸了嗎？

他説，你要認輸了嗎？

告密
Confession

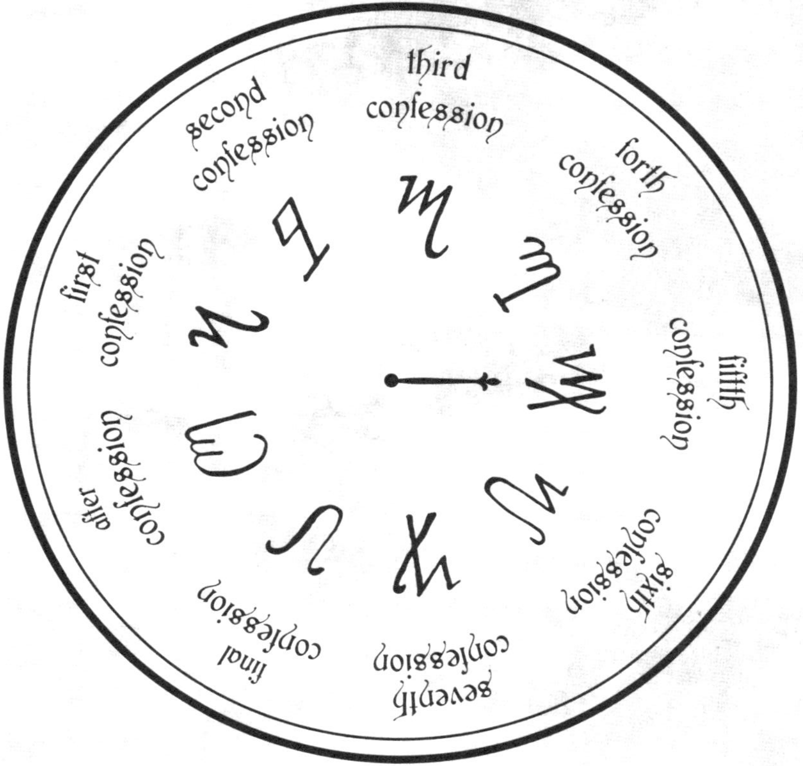
first confession
second confession
third confession
forth confession
fifth confession
sixth confession
seventh confession
final confession
after confession

Vth Confession

如果我不是神父，那麼這一切就變得簡單多了。

我也不會好幾次站在警署門口，幾乎想要將一切都和盤托出。

教律就像枷鎖一般套牢著我，一旦我將懺悔室裡的祕密泄露開去，我便不能再當神父，不能再獲得神的稱許，而名為「救世主」的殺人魔，也就是阿偉，比以往更加積極地殺人，變本加厲，彷彿在嘲諷此刻正苦苦掙扎的我……

甚麼都知道，但甚麼都不能做。

又到了祭祀當天，該面對的還是要面對。

我邁著沉重的步伐來到懺悔室，坐下。

「Calvin，你最近點呀？」

Lydia 的聲音隔著屏風傳來。

我忽然眼中一熱，只覺得這世上所有安慰說話加起來，都比不上她這句簡單的問候。

「我最近過得幾好，有心。」我逞強笑道。

「你成個禮拜都唔覆我 Message，我仲以為你嬲咗我。」坐在對面的她似乎鬆了一口氣。

「我點會嬲你呢，」我想了想，也只能這麼解釋了：「對唔住呀，我冇覆到你係因為部手機入水壞咗，一直未得閒換。」

其實，當晚我把手機扔到維多利亞港後，隔天已經換了新的手機，不回覆 Lydia，只是不想自己的壞情緒影響到她。

「原來係咁，」她呵呵一笑，接著又問道：「又會無啦啦入水嘅？」

「啊⋯⋯係因為，因為我去廁所嗰陣唔小心跌咗部手機落馬桶⋯⋯」我編了一個連自己都不相信的理由。

如果照直說是自己一時心情煩躁，把手機扔到大海泄憤，她再問下去，或許會知道跟阿珊有關。

Lydia 沉默了片刻，語氣不知怎的，忽然帶著一絲愧疚感，慢慢開口問道：「真係，唔係因為我同教主嘅事而嬲咗我？」

「咩你同教主嘅事？」我突然一愣。

「原來你未知道……」她輕輕嘆息了一聲。

「……嗯？」我一頭霧水，搞不清楚是怎麼一回事。

她默然片刻，低聲地道：「我應該向你坦白，其實我同教主有過幾年嘅關係。」

「啊……？」我張大嘴巴。

「不過我兩個星期前已經同佢分咗手，依家我嘅心裡面只有你一個。」她登時著急起來。

刹那間，我只覺得一陣天旋地轉，世界彷彿顛倒過來，不停旋轉。

「我唔明白……你話你……你同教主？點解……？」我低低呻吟地問道。

我在心中千次萬次祈求，只希望自己是聽錯了……

「我知道咁樣做唔啱，不過……」她欲言又止。

「不過啲咩……？」我脫力問道。

「Calvin，呢番説話我冇同其他人講過……」

〰️

「你哋好多人都好羨慕我，覺得我家庭背景好，由細到大都高枕無憂，做任何嘢都好似水到渠成咁一帆風順，但其實，我嘅人生就好似一片死水咁，冇波折起伏，枯燥乏味。

自細開始，父母對我嘅管教就已經好嚴，佢哋唔畀我有自己嘅諗法，更加唔好講話違抗命令，與其話我係佢哋個女，倒不如話我係佢哋嘅附屬品，我每日連瞓覺都要跟住時間表，四點鐘練琴、五點鐘補習、六點鐘跳芭蕾舞、八點鐘學插花……到我大個咗，我父母依然唔放手，我讀邊間大學，邊個學系，畢業之後去邊間公司做咩職位，所有嘢佢哋都幫我安排好晒。

咁樣嘅人生，一啲意思都冇。

為咗尋求新鮮刺激感，我開始背住父母出去玩，落Club飲酒食煙，所有反叛行為都做齊晒，普通嘅男女關係亦滿足唔到我，所以我同教主搞婚外情、忘年戀，絕對唔可以俾人發現嘅禁忌關係，畀到我一種從未體驗過嘅刺激感覺，只有咁樣，*I could truly feel my heart beating*……

亦都因為呢種感覺太難以抗拒，慢慢咁，我就愈陷愈深……」

告密
Confession

「……既然你只係追求刺激感覺，點解要搵我？」我無力問道。

「做義工嗰晚，我喺你身上都搵到類似嘅刺激感覺。」Lydia 幽幽地道。

「呢個只係你嘅錯覺，」我慘然一笑，「當時情況咁危險，換轉係其他人你都會有同樣嘅感覺。」

「唔係，我好清楚嗰種感覺係出自於你。」她如此說道。

　　我長嘆了一聲，不想再在這話題上繼續跟她糾纏下去，當下道：「信徒，請你跟我誦唸一段經文，表示你懺悔自己所犯下嘅罪，吾主……」

「Calvin，你唔好咁樣好冇？」她哀聲道。

「點解你講到錯嗰個好似係我咁，夠喇，既然你唔係嚟懺悔，請你離開懺悔室。」我有氣無力地道。

　　她還是不肯罷休，繼續道：「你係咪唔信我已經斷絕咗同教主嘅關係？我可以證明畀你睇，我同教主……」

「根本唔係呢個問題。」我早就心煩意亂，打斷了她的話，道：「我唔想愈嚟愈討厭你，我請你離開懺悔室。」

「Calvin……」

「出去！」我砰地一拍桌子。

　　眼淚，悄無聲息地滑落。

　　第一次遇見 Lydia，是在中學時的一次聯校聖誕晚會。

　　那時候，聖誕歌剛播完，舞池中緩緩的響起了華爾茲舞曲，我看見很多熟悉的同學微微紅著一張臉，邀請站在對面的女生們跳舞。

　　我們是男校學生，而對面是女校的學生，第一次參加這種聯校活動的我，一直非常緊張，而每當緊張時我就忍不住四處張望，不一會兒，一個窈窕大方的身影就這麼躍進我的視線裡。

　　她一身白衣如雪，清麗而不可方物，光是安安靜靜站在那裡就吸引了不少目光，至少站在我身邊的人，都開始在討論她了。

「著白色裙嗰個女仔邊個㗎？」

「佢咪就係對面嘅校花 Lydia 囉。」

「嘩……佢簡簡單單一個淡妝已經靚過晒其他女仔……」

　　當我轉頭望向同學時，他們已經三三兩兩的跑去邀請對面的女生，我在心裡微微嘆了一口氣，在男多女少的情況下，對面的女生基本都被邀請光了，況且我根本不敢主動跟女生搭話，只能慢慢收回視線，走向一邊座位。

　　才剛坐下，還未抬頭，就看見一隻晶瑩白皙的手伸到自己面前。

「我可以邀請你跳一支舞嘛？」那天籟之音般的邀請，一下子就撞進我心裡，我微微抬頭，卻見是同學們剛才在討論的校花 Lydia，我難以置信得睜大了眼睛。

　　受寵若驚的我好不容易才止住了思緒，伸出顫顫巍巍的手，她剛剛身邊圍繞著這麼多人，有優秀的高材生，有高大英俊的籃球隊隊長，也有財大氣粗的富家子弟，為甚麼……

　　說真的，我感到欣喜的同時又感到一種說不出的疑惑，不過那時候，我已經做出了跳舞的姿勢，她隨即把手輕輕搭在我的肩頭上。

她跟著我的舞步，慢慢旋轉後，柔聲問道：「我叫 Lydia，你呢？」

　　「我、我叫 Calvin，Lydia 小姐，好多謝你邀請我跳舞。」不知道怎麼開口，手忙腳亂的我，終於可以表達自己的謝意了。

　　「你係咪諗緊我點解會邀請你跳舞呢？」她的聲音就如銀鈴般動聽，一下子就進入到我耳朵裡。

　　我頓時口乾舌燥，不知道該如何回應，看了她一眼後，微微點了點頭。

　　畢竟在這個禮堂上，我一點都不顯眼，在大家眼裡我也只是個毒男，實在不明白為何有此榮幸。

　　「邀請我跳舞嘅男仔大多數都互相認識，我同邊個跳都好，都會引起佢哋之間嘅不和。」她如此輕鬆直白，不加掩飾地表達自己的用心，我居然一點都沒有覺得被利用，而是很能體諒她的煩惱。

　　接下來，我們在別人嫉妒的目光下慢慢地起舞。

　　本來華爾茲是由男生領著女生跳的，但結果我根本就是被她領著來跳，期間還不小心踩了她幾腳，丟臉得我都想找個洞鑽進去。

「Sorry。」我抽回踩到她的腳，一臉尷尬。

「唔緊要！」她微微一笑，臉上表情絲毫不變，繼續在舞池中起舞。

　　那舞姿，優美得我自慚形穢，那順著舞姿慢慢展開的裙子，在她的轉圈之中，層層疊疊的飄了起來，真是美不勝收。

　　舞會結束後，當她和女同學離開會場時，不忘跟我道別：「Calvin，我哋有機會再見。」

　　雖然我只陪她跳了開場曲，後來她又換了幾個舞伴，但這絲毫不影響她在我心中的形象。

　　從那天開始，我就被她深深吸引著，從一見鍾情到一發不可收拾。

　　夜深。

　　電話又響起來了，屏幕顯示著是 Lydia。

　　我把手機丟到一旁，任由鈴聲響著，但她似乎不死心，我不

接，她就一次一次的打來。

我內心雖然抗拒不想接，但最後還是按了接聽鍵。

「喂。」我輕輕的說了一聲。

「喂……Calvin……」Lydia 的聲音很低沉，聽起來好像不太好的樣子。

「你咩事搵我？」我不想跟她聊天，如果她沒有緊急事的話，我只想趕快掛線。

「Calvin，我好唔舒服……」Lydia 的聲音十分軟弱無力，似乎病得很重。

換著是以前，我或許會丟下手頭的一切去找她，但現在，我滿腦子都只有她和教主的畫面，實在沒辦法再像以前一般對她。

這麼多年來，她都是我心中的女神。

而現在，一切的美好幻想，都成空了。

我微微停頓了一下，在她準備開口說下一句之前打斷了她：「食啲藥，早啲休息就冇事。」

「Calvin⋯⋯我真係好辛苦，我自己一個人喺屋企，除咗你之外唔知道仲可以搵邊個⋯⋯」Lydia 好像真的受不了似的，聲音斷斷續續。

正當我想咬牙拒絕時，又聽到電話另一端傳來痛苦的呼叫。

雖然我對 Lydia 已經接近死心，但不代表我可以見死不救，要是 Lydia 出了甚麼事的話，自己也會後悔終生。

出於自己的良心，我還是決定駕車過去：「你等我一陣，我好快到。」

說完這句話後，我抓起外套就出門，駕車往 Lydia 住所疾馳而去。

到了 Lydia 家樓下，我將車子停好後，便乘升降機到她住所的門口。

「叮咚——叮咚——」門鈴響了一會兒，Lydia 卻還沒來開門。

我有點擔心，不會是出事了吧？

就在我不知所措的時候，穿著寬鬆睡袍的 Lydia，一副有氣無力的樣子來開門了。

「Calvin，你終於嚟喇？」她憔悴的臉上露出苦澀的微笑。

「你邊度唔舒服？睇咗醫生未？」我一邊問一邊攙扶她到客廳，坐在沙發上。

「你喺度坐陣先，我去斟啲暖水畀你。」說完我便走到廚房裡。

當我端著一杯暖水走進客廳的時候，Lydia 的臉色雖然蒼白，但精神看起來還可以，我把水杯遞給她，淡淡地道：「嚟，飲啲暖水先。」

Lydia 有些微顫的雙手接過了水杯，將溫開水喝下後，眼睛直勾勾的看著我，目光柔得如水波一般，我隱約感到有點不妥，於是便把眼光移開不去看她，再重複剛才的問題：「你邊度唔舒服？」

「我好似有啲發燒。」Lydia 用手按著額頭，苦著臉道。

「你屋企有冇探熱針？」我問道。

Lydia 伸手指向電視櫃上的藥箱，於是我便找出體溫計讓她含在口裡，過了一會兒把體溫計拿出來一看，上面正顯示著三十八度。

「的確有啲發燒，等我睇下有冇退燒藥。」我轉身專心的翻著藥箱裡面的藥，一包包的研究起來。

「搵到啦。」我把兩顆藥片送到 Lydia 的手上，隨後端起一旁的水，遞給她。

只見 Lydia 的眉頭微微皺起來，好像很不喜歡吃藥一般，但我只希望她趕緊吃藥，然後睡覺休息，這樣我就能盡快回家。

吃了藥的 Lydia，微微低下了頭，欲言又止，半晌之後才輕輕地道：「Calvin，我自己一個人好驚，你今晚留喺度陪我好冇？」

「冇事嘅，唔好自己嚇自己。」我只能輕聲的安慰她，畢竟生病的人是比較脆弱，容易胡思亂想。

「Calvin，應承我唔好走。」Lydia 如同天真不諳世事的孩子一樣，明亮的眼眸滿是哀求地看著我。

我的確有那麼一瞬間的衝動，想告訴她我是不會走的，但理智立即告訴我，現在必須馬上離開。

微微恍神後的我，發現 Lydia 不知道在甚麼時候靠近了我，緊緊地握著我的手。我顯得有點慌，急忙想抽回手，只是剛剛看起來虛弱無力的 Lydia，此時卻變得力大無窮，無論我怎樣用力

都抽不出手來。

「Lydia，你依家需要嘅係早啲休息。」看著 Lydia 熾熱的眼神，我實在無法直視，只能看著她背後的油畫。

「點解你唔應承我？」Lydia 眼眶紅紅的，帶著剛剛的虛弱，但是又有一點倔強，彷彿聽不到我的答覆，她就不去休息一般。

「我留喺度咪只會阻住你休息，你好好瞓一覺，聽朝瞓醒就咩事都冇㗎喇。」我用力地把手抽出來後，迅速站了起來，又道：「既然你已經食咗藥，睇落都冇咩大問題，咁我就返去先啦。」

　　說完，我再也不看 Lydia 的臉，轉身就走。

「Calvin, why are you treating me like this!」身後一聲大叫，Lydia 呼的一下站起來。

「Answer me, do you have feelings for me!?」Lydia 不死心地問道。

「我唔鍾意你，Lydia。」我很艱難才能説出這句話，因為我知道這句話一出，事情就再也無法挽回了。

「好，咁你敢唔敢以主之聖名發誓，話你唔鍾意我？」Lydia 不

依不饒地道。

　　看著我沉默，她從後抱住了我的身子，緊緊不放：「我唔信！我唔信！你冇可能唔鍾意我！」

　　我心頭一顫，緊緊閉上眼睛，「Lydia，夜喇，你早啲休息。」

　　我連回頭看她的勇氣也沒有。

　　就在下一個瞬間，Lydia 轉到我面前，伸出纖長的手指摸著我的臉頰，然後我能感覺到溫熱的唇，那飽滿、充滿誘惑的唇，還有那舌尖，輕輕勾勒出我的唇線，這一切都在強烈地撞擊著我的防線。

「L-Lydia，我哋唔可以咁樣。」我想推開她，可是又怕有身體接觸，回頭更是說不清，只是在這種情況下，語言是多麼的蒼白無力。

「Why not?」Lydia 嘴唇微微離開我，吐氣如蘭，一字一字的説道：「Don't you want me?」她捉著我的手，直往自己的身體移去。

「唔可以！我哋唔可以咁樣！」我狠下心來，從她手中抽回自己的手，再用雙手的力量，將 Lydia 推倒在沙發上，然後落荒而逃。

「Calvin，如果你敢踏出呢個門口，我就自殺！」Lydia這個威脅一出，我的腳步立馬停止。

「你放過我啦好嘛？」我嘆了口氣。

「我咁大個女都未試過咁樣撕破臉皮，」Lydia帶著幾分淒楚，哽咽著道：「唔通咁仲未夠？」

我一聽見她哭，瞬間又心軟下來，聲音也跟著放緩和：「Lydia，我承認我之前好鍾意你，好鍾意好鍾意你，」我頓了一下，吞了一口口水後，又道：「但自從你當日喺懺悔室講完嗰番說話之後，我終於明白到自己一直鍾意嗰個只係幻想中嘅你，而唔係真實嘅你，我哋以後就做返朋友啦。」

「Do you really hate the real me?」Lydia哭泣著道：「早知係咁，我當初就唔同你坦白。」

「……依家講咩都冇用，講到尾我哋對大家都有誤會，你話我畀到一種刺激嘅感覺你，但其實呢個只係你嘅一廂情願，我由頭到尾，根本只係個普通毒男。」說到這裡，我的心情居然奇異地平靜下來。

「唔係，呢點我唔會睇錯，或者你依家仲未察覺，但你身上的確有其他人畀唔到我嘅刺激感。」Lydia幽幽地道。

「Lydia，你依家需要休息，等你好返我哋再傾啦好嘛？」我又嘆了口氣，不想和她再說下去。

　　我真的該走了。

　　Lydia 慢慢止住了哭泣，彷彿心灰意冷，低聲嘆了口氣，問道：「你係咪真係要走？」

「無論你講咩都好，我今晚都一定要走。」我淡淡回答道。

「好，咁你走啦。」Lydia 的聲音忽然變得異常平靜，甚至有些反常。

　　她一直都想我留下來，現在終於妥協了嗎？

　　我感覺到有點不對勁，所以慢慢地轉頭，只見她秀挺的鼻端下方沾著些粉末，而桌上則有一張卡片和幾行被推成條狀的白色粉末。

「你、你喺度吸緊啲咩？」我震驚得差點說不出話來。

「你話呢？」Lydia 雙頰白裡透紅，明眸半開半合。

「你簡直有病。」那一刻，我對 Lydia 總算是徹底的絕望了。

「Calvin，呢樣嘢真係好 Chill，好似靈魂出竅去咗場 Trip 咁，」Lydia 完全沒看到我的怒意，臉上堆滿了迷離的笑容，「真係㗎，你快啲同我一齊試下。」

　　Lydia 的神情愈發迷亂，已經開始陷入了迷幻的狀態。

「你好自為之！」我憤憤的扔下這句話後，便摔門離去。

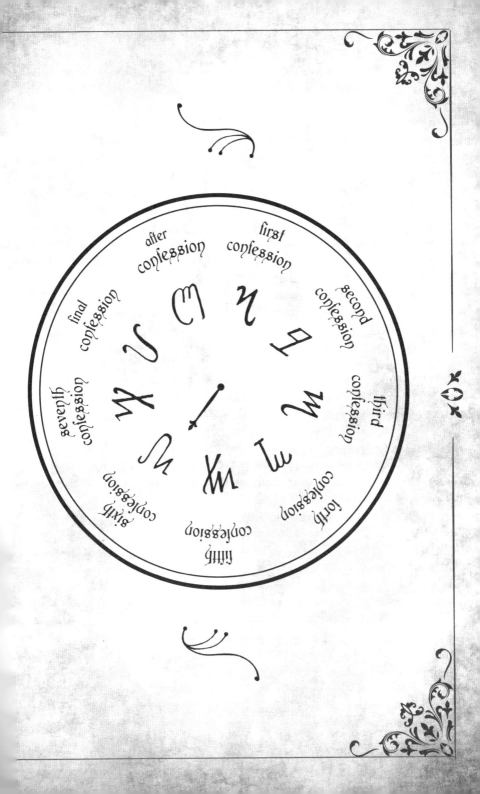

今天不是祭祀日，教會內只有我、教主和幾個神職人員。

我走到教主的房門前，輕輕敲了一下，不用多久，裡面便傳來教主的聲音：「入嚟。」

我推開了門走進去，只見教主正把玩著手中的精緻花瓶，他抬起頭看見是我，笑道：「Calvin，有事搵我？」

「嗯。」我應了一聲。

「閂咗門先講。」教主慢慢地把花瓶放回原本的位置，拿起桌上一個銀製的茶壺，正準備給自己倒茶，「你飲嘛？」

我關上門後，坐了在教主的對面，淡淡地回答道：「唔使喇，唔該。」

教主一邊把壺中的紅茶緩緩倒進杯中，一邊問道：「你嚟搵我，係因為 Lydia？」

我點了點頭。

教主只是微微一笑，喝了一口杯中的紅茶，道：「Lydia 有同我提過，放心喇 Calvin，我哋嘅關係已經結束咗。」

「我唔係想知道呢樣嘢，」我看著教主，逕直問道：「我係想知道，既然你哋係嗰種關係，點解做義工嗰晚你會畀機會我同 Lydia 發展，由得我揸車送佢返屋企？」

教主放下杯子，表情就如剛才一般從容，他迎著我的目光，慢慢地道：「老實講，我一早就玩厭咗佢想甩身，你肯接手我開心都嚟唔切，直頭想貼埋大床畀你哋喺。」

我本應該感到意外，一直尊敬的人，甚至像父親一般的教主，竟然會説出這種話。

但現在的我，對這種情況早已麻木。

「你唔覺得咁樣做有錯？你作為一教之主，唔係應該以身作則？」我忍不住問道。

「難道我唔係好榜樣？」教主哈哈一笑，繼續道：「喺大家嘅眼中我係一個好教主就夠。」

「唔應該係咁樣！」我握緊拳頭，沉聲道：「作為教主同神父，我哋應該要做到冰清玉潔，問心無愧。」

「你有啲天真，Calvin。」教主嘆了口氣，低聲道：「你自己數數，一直以嚟你喺懺悔室聽到幾多秘密，幾多污糟邋遢嘢？我哋除低

咗件聖袍之後，其實都同普通人一樣會犯罪，會有唔見得光嘅一面。」

「咁講，即係我哋犯罪都冇問題？」我這樣問道。

「唔畀人發現嘅話，的確係冇問題，所以我先咁強調懺悔室嘅重要性，大家都需要一個保密渠道去抒發……」

「我明白喇教主。」從那刻開始，我對教主就不再有尊敬，只剩下了厭惡。

　　我實在不想再聽下去，所以截斷了他的話。

「打搞咗你，我返出去先。」

　　說完，我便慢慢轉過身子，離開了教主的房間。

　　我背靠著房門，閉起了雙眼，讓自己的心情沉澱下來之後，良久，才邁步走向走廊。

　　走廊的盡頭，似乎站著一名女子。

我慢慢地走過去，才看清楚她是教會的 Joise。

她一副心事重重的樣子，站在懺悔室的門前，不知道所為何事。

「Joise？你今日返嚟教會做咩？」我好奇問道。

她聽我這麼一問，身體也頓時緊張地繃直起來，慢慢轉過頭來，卻沒有答話。

我看著她的神情，多少猜到她的來意，隨即道：「你係咪想搵我懺悔？唔使怕醜，跟我入嚟吖。」

我推開了懺悔室的房門，讓她先進。

她沒有說甚麼，只點了點頭，便走進房間。

「好喇，你有咩想懺悔？」我坐在木質小亭裡，隔著屏風問她。

她卻沉默了許久都沒有開口說話。

「放心喇，我都已經聽到麻木晒，你有咩想懺悔嘅即管講出嚟。」我苦笑道。

「……你誤會咗。我唔係嚟懺悔。」她終於開口道。

「咁你嚟係想做咩？」我一愣問道。

「我嚟係話畀你知，」她似乎下定了決心，道：「你唔可以再留喺教會。」

「點解？」我一愣。

「你再留喺教會，就會有危險。」她努力保持著鎮定道。

「點解會有危險？」我不太明白。

「教主知道你去咗個聚會，干涉阿珊嘅私生活。」她繼續道。

「所以我就會有危險？」我仍然不明白。

「嗯，你再留喺教會，下場就會同之前啲神父一樣……」她竭力抑制著聲音中的顫抖，隔著屏風，緩緩道出了這間教會的真相。

　　這間教會經常都會更換駐堂神父，因為這裡的駐堂神父每隔一段時間都會因為受不住良心的譴責而想辭職或者揭發罪行，然

後會被教主滅口。前駐堂神父 Jacob 亦是如此，他在懺悔室裡知
道了太多犯罪秘密，終於忍不住想向警方告密，隨即就被教主殺
害，事後教主逼使大家在屍體上刺一刀，只要大家有份參與，就
不會把事情說出去……

「同樣嘅事情已經發生過唔只一次……而係兩次……三次……四次……五次……」話說到後頭，Joise 已是泣不成聲，哽咽地道：「我知道咁樣做好唔啱，我唔想再咁做，但我又唔敢反抗教主……唯一嘅離開辦法，就只有死……所以、所以我……」

「Joise，好多謝你。」我忽然打斷了她。

「嗯……？」她彷彿愣了一下。

「一直以嚟，我都以為有問題嘅係我自己，原來，有問題嘅係成間教會嘅人；一直以嚟，我都以為只有自己一個人煎熬緊，原來，仲有人都有住同樣嘅心情……」

　　屏風後方，忽然陷入了一片沉默，很久都沒有聲音。終於，我深深呼吸，慢慢地道：

「不如我哋離開呢度，永遠都唔再返嚟。」

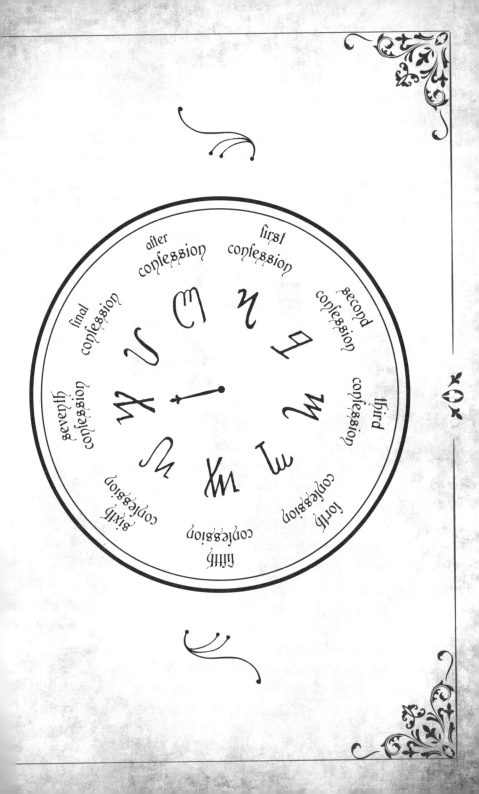

VIIᵗʰ Confession

晚上，香港國際機場。

之前一直不覺得離開會是一件傷感的事情，但這次離開了就不會再回來，心頭難免會有些黯然。

距離航班起飛還有一個小時，我和 Joise 坐在登機口附近的座位，靜靜等著上機。

我們陷入了長久的沉默，彼此之間一言不發，不知道該說些甚麼，畢竟我們其實一點也不熟。

我不想氣氛過於尷尬，所以試著找些話題，笑著問她：「係呢，花店嗰邊點？」

「我諗住將間花店頂畀人做。」Joise 攏攏耳畔微亂的髮絲，用最微弱的聲音回答道。

性格本來就內向的 Joise，此刻的表情比我更加不自然。

「哦⋯⋯」我繼續努力找話題，又道：「吖係，酒店方面唔使擔心，我訂咗我哋一人一間房。」

「嗯。」Joise 的頭垂得更低了，眼睛不自然地望向別處。

　　她自然沒有再說話，我也再找不到話題，若不是機場的廣播系統正好響起，我們幾乎又要陷入尷尬的氣氛當中。

「前往台灣桃園國際機場嘅 FC609 航班乘客請前往二十三號登機閘口登機⋯⋯」

「我哋上機囉？」我隨即道。

　　她微微地對我點了點頭。

　　當我們正排隊登機時，我忽然看見不遠處有一個熟悉的身影，正往這邊走近。

「我哋快啲匿埋！」我迅速拉著 Joise 的手，躲進閘口一旁的小商店裡。

「發生咩事？」Joise 回頭張望，不知道發生了甚麼事情。

「係教會其中一個弟兄阿 Roy。」難道教主發現了我和 Joise 想一走了之，然後派人抓我們回去？

「係咪教主派佢嚟捉我哋返去⋯⋯？」很明顯，Joise 也跟我一樣，都在擔心這個問題。

我們躲在貨架後面，只見阿 Roy 經過了我們的登機口，便徑自往遠方的登機口走去，他還拖著一個小型的行李箱，輕鬆地吹著口哨，似乎不是來抓我們。

我忽然想起之前跟阿 Roy 在閒談之間，他曾經說過自己訂了機票，打算獨自外遊散心。

「應該冇事，佢只係去旅行，咁啱喺正呢個時間出發。」我鬆了一口氣道。

「呼。」Joise 也鬆了一口氣，儘管只是虛驚一場，卻稍稍緩和了我跟她之間的尷尬氣氛。

接著，我們順利登機、抵達台北。

由於我們下午才決定要走，當晚便乘飛機過來，沒有提早預訂之下，鄰近市中心的酒店早已客滿，我只能訂到一家位於台北市近郊的旅館。

那是一棟屹立在一座山丘下，大約樓高十層的獨棟式旅館，我們到達時已是深夜，一條鵝卵石小路由室外連接著酒店大堂，一塵不染的，在路燈照射下光潔得很，讓人踩上去很舒服。

「歡迎入住好絲旅旅館。」前台有一個年輕人走了出來，臉上堆

滿笑意。

　　他似乎跟我差不多年紀，皮膚白皙，身材高頎略顯瘦削，穿著黑色西裝長外套，蓄著一頭烏黑飄逸的頭髮，五官輪廓完美得無可挑剔。

　　我覺得他很眼熟，但是想不起來在哪裡見過他。

「泥巧，鍋沙胡打果釘花幾泥門的，釘了涼贊單仁反間。（您好，我下午打過電話給你們的，訂了兩間單人房間。）」

　　我的國語非常蹩腳，Joise 似乎也忍不住掩嘴偷笑。

　　那年輕人笑了一笑，用非常標準的粵語回答道：「你就係 Calvin，而你旁邊呢位小姐就係 Joise，我有冇講錯？」

「你係香港人㗎？」我有些意外。

　　那年輕人露出清風般的笑容，點了點頭道：「係呀，麻煩你哋將證件畀我，等我幫你哋 Check in。」

　　我和 Joise 隨即交出了護照，他簡單做了一些登記手續後，便把護照連同兩張電子匙卡交還給我們，親切笑道：「呢兩張係你哋嘅匙卡，兩間房都喺四樓，有任何需要都可以打內線電話搵

我，我叫 Azul。」

　　我和 Joise 接過鑰匙卡後，便拖著兩個行李箱，乘升降機到四樓。

「奇怪喇。」我喃喃自語道。

「做咩？」Joise 看著我問道。

「我覺得大堂嗰個職員好面善，唔知道喺邊度見過咁。」我吶吶道。

　　而且那年輕人的氣質跟周圍的環境很是不搭，他是這家旅館的老闆，還是所謂的工讀生？

「佢係香港人，或者你喺香港見過佢呢？」Joise 偏著頭道。

「嗯……我諗都係。」我回答道。

「叮」的一聲，升降機便到達了四樓。

　　我和 Joise 步出了升降機，沿著長長的走廊並肩走去，走著走著，她便停了腳步。

她眼眸一轉，輕輕抬起頭道：「我間房到喇。」

「啊，」我一時反應不過來，只得道：「咁晚安⋯⋯聽朝見！」

「嗯，晚安。」她點了點頭，用鑰匙卡開門後走進房間裡面，再輕輕的把房門關上。

　　直到她的身影在走廊中消失後，良久，我才繼續往自己的房間走去。

　　回到自己的房間，我極速為自己洗了個澡，換上一身清爽的衣服。

　　我躺在床上，打開了房裡的電視機，眼睛雖然看著，心裡卻一直想著其他東西，想著以後在台灣的日子怎樣過，又該如何向家人交代，還有，如果教主瘋癲得來台灣追殺我們，我們又該怎辦⋯⋯

　　慢慢地，我的意識一半清醒，一半昏沉，不小心便睡著了。

　　翌日，我在鳥語花香、陽光燦爛的清晨中醒來。

這種毫無壓力的感覺，真的很久遠，也讓我暫時放下煩惱，只想著今日去哪裡玩。

我一躍而起，從行李箱裡取出旅遊書，翻著翻著，肚子便適時的叫了起來。

「咕咕咕。」

我苦笑一聲，隨即洗臉刷牙，到酒店餐廳吃早餐去。

來到大堂旁邊的餐廳，只見那裡擺放著一盤盤的食物，整個空間空蕩蕩得就只有我和一個身材魁梧的男人。

他一直板著臉，坐在角落位置看報紙，我也不知道他是餐廳侍應還是旅館住客。

這一幕讓我覺得有點奇怪，只是不一會兒，我便看見 Joise 的身影來到餐廳，這個疑問也被我拋諸腦後。

「早晨。」我主動跟 Joise 打招呼。

「早晨。」Joise 看到我手上正端著的餐盤，靦腆地笑了一下，然後轉身也去拿早餐。

我把手中的食物端到玻璃幕牆旁的餐桌坐下，然後輕輕抿了一口咖啡，轉眼看見玻璃幕牆外有人拿著大剪刀修剪著院子裡的樹枝，正是昨晚接待我們的 Azul。

「……」Joise 默不作聲，捧著餐盤坐在我對面。

　　這個舉動彷彿用盡了她所有的勇氣，她察覺到我的目光，頓時垂低了頭，連目光都不敢跟我有所接觸。

　　我輕輕咳嗽了兩聲，也有些不好意思。

「不如我哋今日一齊出去玩。」我衝口而出道。

「好、好呀。」她捏了一塊麵包在上面塗蜜糖，臉蛋好像有些紅，問道：「咁我哋去邊度玩？」

「啊，附近好似有貓空纜車，不如就去嗰度。」我剛從旅遊書中得知貓空纜車就在附近。

「嗯。」Joise 應了一聲，便低著頭吃麵包，我也隨即埋頭吃了起來。

　　吃過早餐後，我們便搭乘公車來到動物園站，一路上跟 Joise 都沒怎麼交談，不過我也很能理解，畢竟我之前跟她完全不熟，

現在兩個人忽然跑出來玩，她還未習慣跟我相處也是正常。

　　終於，沿途風景慢了下來，公車也漸漸的停下，窗外便是貓空纜車的起點——動物園站。

　　不知怎的，我忽然想起了Lydia，在我腦海中又浮現出她的樣子，還有她和教主……

「Calvin？我哋要落車喇。」Joise的眼神中流露出一絲擔憂，我細微的情緒變化，她好像都能感覺到似的。

「好呀。」我不能再陷入那種回憶或懊悔之中，不然這種情緒會一直影響我。

　　買了纜車的車票後，我們就跟在人群中排隊，幸好排隊的人不是很多，我們很快就上了纜車。

　　我們安安靜靜地等著纜車關門，然後慢慢的離開站台，順著鋼纜在半空中行駛。

　　從半空中望下去，下面的人們如同螞蟻一般，還有那縱橫交錯的山路，如同畫在心間的犀利線條一樣，將綠油油的茶山分割成了不同部分。

我發現，Joise 的心情好像放鬆了一點，沒有之前般拘謹。

看來今天選擇坐貓空纜車，是一個正確的決定。

「咦，你睇下嗰邊，有彩虹呀。」沒下雨的天空是很難看見彩虹的，不過在這個地方，早上霧氣比較大，太陽出來的時候，運氣好的話就能看到彩虹了。

Joise 順著我指的方向看去，臉上突然浮現出驚喜交集之色，但回頭看了我一眼，臉上的笑容便漸漸褪去。

她的心，好像才剛剛開了一道口子，然後立馬就又關上了，不過看過她瞬間的笑顏，不知怎的，我也有種淡淡的暖心感覺。

很快我們便到達了動物園南站，在售票處買了兩張門票後，門口的工作人員驗完票後便放行。

「你有冇咩動物係特別想睇㗎？」我拿著彩色的大地圖，邊走邊問道。

「我想去睇企鵝。」Joise 輕聲道。

「好呀。」我望了一眼地圖，知道企鵝所在的館區就在附近，接著又問她：「你鍾意企鵝？」

「嗯，我覺得企鵝傻得好可愛。」Joise 展顏一笑，發自內心的笑道。

「哈哈，我都覺得企鵝好可愛，尤其是當佢哋互相俾對方擳親又或者唔小心推咗對方落海。」我笑道。

「嗯嗯嗯！」Joise 點頭如搗蒜一般附和著。

　　我們進了企鵝館後，周圍的溫度一下子冷了下來，降到僅比冰點稍高。

　　館內是一個白色的冰雪世界，人造的坡地上聚集了一群群企鵝，牠們或站或躺在那裡，其中體形最大的胖企鵝一搖一擺地走路，笨笨的樣子讓來看的小孩們歡喜極了。

　　當我想要伸手感受玻璃的溫度時，我面前突然站著一隻嬌憨的企鵝，害羞地看了自己一眼後，便微微低下頭，發出小小的聲音。

「呢隻企鵝好似你呀！」我轉過頭，對著 Joise 道。

　　我不禁哈哈一聲笑了出來，因為實在是太像了。

「啊？邊度似呀？」Joise 白皙的臉湧現出淡淡的暈紅，「唔好亂

講。」

　　說完，她也忍不住微微看了那企鵝一眼，結果那企鵝也剛好抬起頭來，四目一對上，都趕緊地移開了視線。

「哈哈，你哋真係好似。」我忍不住又笑了。

「你、你同嗰隻企鵝都好似。」Joise 不甘示弱的回了我一句，指向了不遠處一隻又大又笨的企鵝。

「又真係好似㗎～」我故意將尾音加重，表示出我的懷疑。

　　我這樣說反而讓 Joise 有點惱羞成怒，她趕緊說道：「真係㗎，我唔係亂講，啱啱我一入嚟就見到佢，第一眼就覺得佢好似你。」

　　Joise 認真的說道，這時，我才慢慢地觀察起她所說的那隻企鵝，很明顯地，那隻大笨企鵝完全沒注意到我們的視線。

「點解會覺得似呢？」說實話，我也有一點好奇，為何她會覺得那隻大笨企鵝跟我很像。

「佢對其他企鵝好親切，每次經過其他企鵝身邊，佢都會好有禮貌咁打招呼。」Joise 笑了笑道。

「係喎，你咁講我又真係覺得幾似。」我哈哈一笑，目不轉睛地觀察著自己的分身。

　　不過轉眼間，大笨企鵝便走到之前那隻很像 Joise 的企鵝身邊，微微低下頭，互相整理羽毛。

「咦？」看見兩隻企鵝的親暱舉動，讓我和 Joise 都有點詫異。

「牠們感情很好的，也就是夫婦啦。」一旁負責企鵝飼養的工作人員，笑著為我們解釋。

「啊！」Joise 輕呼了一聲，臉上一陣發燙。

「哈哈哈哈哈。」我也有些尷尬，笑了幾聲來掩飾。

「不如我哋去睇其他動物囉？」Joise 臉色一片大紅，都不敢直視我了。

「好呀，我都開始凍到有啲頂唔順。」我不好意思地笑了笑，畏寒地搓搓手臂。

　　接著 Joise 便急步離開了企鵝館，我馬上緊隨其後。

　　我摸了摸鼻子，不禁笑了，其實這也沒甚麼大不了，不是嗎？

只是這一路上，不管再看到甚麼動物，Joise 都不開口説話了，我也覺得剛剛那一幕實在有點尷尬，現在説甚麼話題都會讓人聯想到那一幕，所以乾脆也不説話了。

　　我們兩個人都很有默契地不開口説話，不過一路上的氣氛也不是很沉悶，還是有一些可愛的動物讓我們會心微笑。

　　離開了動物園後，我們在貓空找了家店喝茶休息，正想回到市區的時候，我看著 Joise 往纜車的方向走去，我忽然開聲道：「不如……」

「不如做咩？」我忽然喊住了 Joise，她微微回頭問道。

「不如我哋行落山？」我建議道。

　　我覺得既然出來旅遊散心，就應該留下深刻的回憶，乘坐纜車上來雖然很有新鮮感，但再坐一次的話，似乎就沒甚麼特別，因此我便提議沿著山路走下山去。

「啊……」Joise 沒有立刻回答，似乎是沒想過我會有這種提議，不過很快的，她便點了點頭，輕聲道：「好。」

　　她回答的聲量很輕，要不是我一直專注的聽著，還真的會聽不見。

「不過，」Joise 有些不放心的問道：「你認唔認得路？」

「呃，其實我見周圍都有路牌，仲有石級一直連去山腳，我諗都唔會蕩失路掛。」我回答道。

「嗯，咁你帶路啦。」Joise 道。

現在的時間是下午兩時，距離入夜還有一段時間，或許沿途還能發現一些隱世的景點。

穿過婉蜒的小徑，生氣盎然的翠林隨即展現在眼前，格桑花、鈴蘭花和小野菊，還有其他奇花異草也熱熱鬧鬧的開了一片。

微風在這片山林上吹過，響起了樹林的波濤聲音，淋浴著和煦的陽光，呼吸著清新的空氣，心情很快就能得到沉靜。

「嗰度有兔仔呀。」Joise 看著在山林中奔跳的小野兔，清澈的明眸閃閃發亮。

我深深呼吸了一口，伸了個懶腰，笑道：「如果我哋坐纜車嘅話就見唔到兔仔喇。」

「嘻嘻。」Joise 忍不住拿出手機對小野兔拍照，一直跟在我身後。

　　我走下一階階石級，一直往山腳方向走去，不料走到一半忽然沒了樓梯，還出現了幾條分岔路。

　　我一下子陷入了沉思，不過怕Joise看出我的遲疑，於是便就走往其中一條路上，反正靠近纜車的路肯定不會錯。

　　然而，路卻愈來愈曲折險峻，周圍雜草叢生，一片荒涼，明顯是許久都沒有人走過這裡。

　　「呢條路係咪真係啱？」Joise擦了擦額上的汗，我們已經走了三個多小時，可是這路卻愈來愈難走，連我都不禁懷疑是否走對了路。

　　「應該……啱嘅。」我只能如實說道，這路還真是崎嶇，自己穿著長褲外套也被刮傷了幾處，更別說是穿著連身裙的Joise，白皙的小腿上都有著淡淡的劃痕。

　　「好，咁我哋繼續行。」Joise似乎有些害怕，伸手抓著我的衣角。

　　「嗯，你小心喺呢邊落嚟，我會扶住你。」有一階石級比較高，我輕輕的跳下去後，站在下面伸出手來，想讓Joise借力走下來。

　　「唔得，我落唔到嚟。」那一階石級目測有近八十公分高，不管穿著連衣裙的Joise怎麼用力伸前都著不到地。

「唔使驚，你跳落嚟，我會接住你。」我鼓勵她道。

其實我也很擔心，眼見天色漸暗，入夜後山林間肯定更加危險，我都不敢再想像下去。

我也是該罵的，好好的有纜車不搭，硬是要走甚麼山路，現在更連累了 Joise 陪自己一起受罪。

「好、好。」我看得出 Joise 很害怕，可是她緊緊咬著蒼白的下唇，深深吸了口氣，緊接便從上方躍了下來。

「好，安全著陸！」Joise 一站穩，我趕緊鬆開握著 Joise 的手，然後指著前方道：「前面不斷有光掠過，應該就係大馬路。」Joise 一聽見是大馬路，便忍不住探頭去看。

「啊！」Joise 一個腳滑往前傾，我一看情況不妙，趕緊喊道：「小心！」

我立刻伸出手摟住 Joise 的腰，將她拉回來。

我們兩人都心有餘悸，雖說下方的坑不算大，但若果掉了下去，便很有機會會受傷。

我們穿過陰暗潮濕的小路，撥開最後一簇倒刺的草叢，終於

走出了林間，來到山腳的大馬路，還看見不斷有車輛來往。

「啊──！」我像個瘋子般大喊出來盡情宣泄，Joise 也鬆了一口氣，綻出笑容。

我趕緊去到一家便利店，買了一些簡單的包紮用品，然後衝回來，就是為了看 Joise 受傷的小腿。

Joise 稍稍的愣住，忙道：「我冇事，只係擦傷咗少少。」

她一邊說一邊縮，就是不讓我看。

「真、真係冇事。」Joise 依然不讓我看她的雙腿，我手中拿著紗布和消毒酒精，有點哭笑不得。

「乖啦畀我望下，如果傷口俾細菌感染嘅話，後果可以好嚴重。」我苦口婆心地勸道。

「唔好，」Joise 別開了臉，聲音有些沙啞：「Calvin，你唔好對我咁好。」

突然的一句話，讓我的手頓在半空。

長髮隱約遮住了她的側臉，叫我看不見她的表情。

我頓時慌了手腳，以為自己讓她生氣了：「我、我其實對個個都咁好，即使受傷嘅唔係你而係其他人，我都會咁做。」

「但，」當 Joise 慢慢轉過頭時，我才看見她眼睛裡罩著一層薄霧，「我唔係好人。」

　　她竟然哭了。

　　她似乎深陷痛苦回憶之中，還在內疚 Jacob 神父一事。

「其實我都唔係好人。」我低聲道。

「你唔係好人？」Joise 微怔。

「嗯，我紅燈都照過馬路，扰垃圾又唔做分類回收。」我笑道。

　　Joise「撲哧」一聲笑了出來，微嗔道：「我認真你就喺度講笑。」

「所以呀，既然我哋大家都唔係好人，咁我可唔可以幫你包紮？」我笑著問道。

　　Joise 破涕為笑，擦去臉上的眼淚，慢慢對著我點了點頭。

這一次，我順利地替 Joise 處理好傷口，她也安安靜靜的坐在椅上，一動不動。

幸好，她的小腿只是很輕微的擦傷，估計一兩周便會復原得毫無痕跡。

「行囉，我哋去饒河街夜市食嘢。」

我們一整天下來都不怎麼進食，想必 Joise 也跟我一樣，早已餓到不行。

「好呀。」Joise 好像放開了一點點，能直視著我的眼睛說話了。

我迎著她的目光，問道：「你想食啲咩？」

「冇所謂呀，我食咩都可以。」Joise 回答道。

「好。」我應了一聲之後，便和 Joise 一起乘捷運到了松山站附近的饒河街夜市。

我們在一家鍋物燒肉餐廳猛吃了一頓，然後就到街上一邊聊天一邊散步。

「好飽。」我走在熱鬧喧囂的巷弄上，摸了摸吃得很撐的肚子。

「你食唔食雪糕？」Joise 的腳步停在土耳其雪糕攤販前方，回頭問我。

「呃⋯⋯我食唔落喇。」我吶吶回答道。

我心中同時驚訝，Joise 身材纖瘦，食量卻十分驚人。

她剛才的食量是我的兩倍，但吃完後肚皮仍是平平的，彷彿體內藏著一個無底黑洞。

Joise 哦了一聲，隨即對著那個穿著土耳其傳統服裝的冰淇淋師傅道：「麻煩給我一杯冰淇淋。」

「請問，要甚麼味道？」冰淇淋師傅以不標準的國語問道。

Joise 看著玻璃裡一桶桶的冰淇淋，想了一下，便回答道：「我要香草味道的。」

「沒問題。」冰淇淋師傅微微一笑，隨即抓起勺子盛了一球雪糕。

攤販附近圍著不少路過的人，可是實際買的人並不多，他們站在那裡等著，微笑看戲。

我看著 Joise 從自己的錢包裡掏出五十元硬幣給對方，對方

收了錢後，用手把冰淇淋筒遞給她。

Joise 伸手接過，誰知人家拿著冰淇淋的手一滑，手上的冰淇淋便不見了，Joise 瞪大了眼睛，那冰淇淋師傅的手上又重新出現了冰淇淋，又再遞到她面前。

「謝謝。」Joise 小聲的道謝，有些難為情。

只是當她伸手去拿的時候，那個冰淇淋一眨眼又被冰淇淋師傅用棒黏走，只留下一個空的冰淇淋筒在 Joise 手中，這個時候，附近圍觀的人都笑了。

Joise 轉頭用無辜的眼神看著我，向我求助，我覺得她被捉弄的樣子很好笑，所以就假裝沒收到她的求救信號。

冰淇淋師傅的臉上始終帶著笑意，像雜技一般反覆捉弄 Joise，旁觀的人亦看得不亦樂乎，直到 Joise 急得一副快哭的樣子，冰淇淋師傅才嚇得趕緊把冰淇淋遞給她，還額外多送她一球冰淇淋賠罪。

Joise 也不理我，逕直便走了，路上一直生著悶氣。

「你唔知佢哋不嬲都鍾意咁玩？」我搔了搔頭問道。

Joise 搖了搖頭，沉默著吃冰淇淋。

「你嬲我頭先唔幫你？」我小心翼翼地問道。

Joise 想了一想，最後還是搖搖頭。

我有點束手無策，不知道該怎樣哄回她。

就在這時候，我們經過了一檔射氣槍的小攤，上面寫著：「只要能用指定的塑膠子彈數量，射爆一組由氣球組成的心型圖案，就能得到這隻企鵝布偶。」

那隻企鵝布偶估計有一米多高，圓滾滾的身形，還有臉上蠢蠢的笑容，又蠢又可愛，吸引了很多小孩子排隊來玩。

我留意到 Joise 的目光停在那隻企鵝布偶之上，於是輕聲問道：「你想要嗰隻公仔？」

「唔係呀。」她連忙否認，但紅透的臉頰卻出賣了她。

我想 Joise 應該很想要那隻企鵝布偶，只是她不好意思開口說道。

「咁呀，咁算啦。」想了一想，我這麼一個大人去跟小孩較勁、

爭玩偶，實在有點不好看。

「喂，你唔敢玩呀？係咪怕輸呀？」一個應該是來自香港的小男孩搭腔道。

「哎吔吔……」我二十多歲的一個人，居然被一個十歲都沒有的小孩看輕，不禁有些哭笑不得。

「點呀，敢唔敢同我鬥下？」小男孩笑著問道，前面又一個小孩射光子彈了，然後垂頭喪氣的跑走。

「鬥咪鬥，不過你輸咗唔好話我恰細路喎。」我哈哈一笑，但很貼心的說道。

「……」Joise 拉了拉我的衣角，害羞的搖了搖頭。

「冇所謂喎，既然佢想我同佢玩，咁我唯有奉陪到底。」我微笑道。

「使唔使讓你先呀？」那小男孩轉頭，一臉嘲諷的問道。

「唔好喇，一陣我唔覺意就贏咗，你就連玩一次嘅機會都冇。」我不甘示弱地道。

　　果然，那小男孩在還差兩個氣球的時候，就發現沒有子彈了，

他只能憤憤的站在一邊看我表演。

「碰——碰——碰——碰——」

　　只消了一會兒的時間，我就射破了那顆大心上的大部分氣球，射到最後一個的時候，我發現自己居然還剩下三顆子彈，實在太出乎意料了。

「啪。」

　　最後一個氣球也應聲而破。

「冇品！恰細路！」那小男孩一臉哭喪的跑走了。

　　我有點無奈，不過我只在乎那隻企鵝布偶。

　　老闆一臉肉疼的把那隻企鵝布偶抱給我，我高興地接過之後，便把它送給了 Joise。

「送畀你！」我笑道。

「你真係送畀我？」她怔住了，直直的望著我。

「係呀，你唔想要？」我問道。

「唔係！」她緊緊的抱著企鵝布偶，忽然輕輕說了一聲：「多謝你。」

她注視著我，臉上仍有一絲微羞紅暈，但眼眸中明亮清澈，卻有無盡的溫柔之意。

不知怎麼，我的心跳忽然加快，快得幾乎要跳出胸腔。

我立刻移開了目光，乾咳了幾聲道：「時候都唔早，不如我哋返去囉？」

「嗯！」Joise 展顏一笑，一臉幸福滿足地抱著企鵝布偶。

半個小時後，我們便回到旅館。

坐在大堂前台的，仍然是那個來自香港的年輕人 Azul。

「嗨，今日玩得開唔開心呀？」他親切溫和地問道，雙腳擱了在前台的桌子上，手裡拿著一本筆記和一枝筆。

我剛進到大堂的時候，看見他眉頭緊皺，不知道在煩惱些甚麼，但當他看見我和 Joise 的時候，馬上就恢復了笑容。

「頭先見你好苦惱咁喎。」因為自身職業的關係，我很習慣關心

別人，儘管他只是個萍水相逢的旅館職員。

同一時間，抱著企鵝布偶的 Joise 靜靜地對著我道：「早唞，我返房先喇。」

我也對她說了一聲晚安，然後她就往電梯口走去，沒有加入我和那年輕人的對話。

「實不相瞞，我其實係個冇咩名氣嘅小說作者，平時會幫出版社寫下故仔咁。」他用筆輕輕敲著頭，把視線轉回筆記本之上。

「原來你係小說作家嚟㗎？好犀利喎。」我驚訝道。

「唉，但我依家冇晒靈感，唔知道故事點樣繼續落去。」他苦惱地搔著頭髮道。

我有點想開口問他到底是怎樣的情節，可是我又不太敢貿然開口，或許他會介意別人直接問他的小說內容。

「其實冇靈感應該冇咩咁大不了？」我微微的一問。

他迅速抬起頭來，驚訝地問道：「你都係寫小說嘅？」

「唔係，我點會係小說作者呢。」我只能趕緊的否認，又道：「我

只係心諗，寫嘢要同時顧及劇情同埋邏輯，每句對白背後其實都花咗唔少心思，就好似好多好出名嘅小説作家咁，佢哋有靈感嗰陣可以寫到好多字，但冇靈感嗰陣就連一隻字都寫唔到出嚟。」

我説完後，感覺自己説得不夠清楚，接著又道：「所以一時之間寫唔出故事，其實好正常。」

我這話一出，他便感激的對我點了點頭。

再跟他談了一會之後，我便告辭而去，回去自己的房間。

我慢慢地走回房間，愈走愈覺得不管是大堂還是走廊，都有一種詭異的安靜。

真的有些不對勁，之前去旅行住過的地方都是人聲鼎沸的，即使這裡位處於郊區，也不至於如此冷清吧。

我扭開門把，進入自己的房間，打開了這兩天一直關著的手機。

一條條的信息，一下子蹦出來。

教主的、Lydia 的、阿珊的……

「Calvin，玩失蹤係冇用㗎，你走到天涯海角我都刮到你出嚟。」

一看見教主這句滿是威脅意思的說話，我就從頭到腳都冷了個徹底。

他自己幹了這麼多壞事，為甚麼還能如此理直氣壯的威脅我？

「如果可以，我真係唔想返香港……」

我將手機再次關機，然後把頭深深埋入枕頭之中，沉沉睡去。

「唰……唰……唰……」一陣陣的敲擊聲音，在我的耳膜響起。

這惱人的聲音，像是甚麼儀式似的，在寂靜的夜晚裡，干擾我的睡眠。

黑暗中我摸出了手錶，按下一看：凌晨兩點半。

「唰……唰……唰……」

那聲音還帶著頻率，一下下的響著。

我試著閉了閉眼睛，但還是睡不著，耳膜裡都是那討厭的噪音。

我忍不住從床上起來，隨便摸了一條褲子穿上。

我站在玻璃幕牆前，瞇著眼睛看來看去，只見樓下花園有一個人影，正是噪音的來源。

我嘗試等等看，要是聲音停止了，那我就不下去。

只是想像永遠是美好的，那聲音依然一下下的鑽到我耳朵裡：「豈有此理！究竟係邊個半夜三更喺度擾人清夢！？」

脾氣再好的人，半夜被人吵醒也會忍不住惱怒。

到達樓下花園時，我循著聲音慢慢地靠近聲源。

燈光折射出一個巨大的人影，大幅度揮動著雙手。

慢慢靠近才發現，原來那人便是昨天早上在飯堂裡看過的彪形大漢，那個由始至終都沒有說過一句話、臉上沒有任何表情的彪形大漢。

只見他雙手握著鋤頭，一下一下的挖著土，旁邊堆著一個個

像小山一樣的土丘。

「先生，請問你大半夜在這裡幹甚麼呢？」我平時很能站在別人的角度思考，很多事情都能作出遷就，唯獨這個，我實在想不明白，也很疑惑。

好端端一個花園，就這麼被挖得坑坑窪窪，還要大半夜來弄，實在是十分滋擾。

不過我等了很久，依然沒有得到他的回答，他彷彿對自己的做法連一點點自責的意思都沒有。

「唰……唰……唰……」回答我的依然是鋤頭的聲音，我疑惑地盯著他看，懷疑這人是不是精神有問題。

正當我準備再次出聲的時候，大堂那個年輕人 Azul 忽然在我身後出現，還大力拍了我肩膀一下。

「哇！」我嚇了一跳，心有餘悸的喊道：「人嚇人，嚇死人㗎！」

「Sorry，」他一臉抱歉的樣子，「我見你咁緊張，只係想同你開個玩笑。」

他攤開雙手，表示自己真的沒有惡意。

我呼出了一大口氣，微微緩和了心情，問道：「咁你可唔可以話畀我知，你哋半夜三更喺度做咩？」

「係咁嘅，我哋喺度幫緊花園嘅植物施肥，」他的臉上帶著自然的笑容，「因為日頭整嘅話浸味會好難聞，所以就揀喺呢個時候。」

「哦，但點解我聞唔到有味嘅？」我的鼻子算得上靈敏，卻沒有聞到甚麼不好的味道。

「啊，其實大部分人都聞唔到，不過有一小部分人，可能佢哋個鼻比較敏感啦，我哋曾經接到投訴話肥料浸味好難聞，所以唔好意思喇，阻住你休息。」他誠懇地道歉。

「咁你哋係咪攪完㗎啦？」看著那個大漢已經把土坑掩埋，我忍不住開口問道。

　　我只想確定，他們是否已經結束了。

「係！已經攪完㗎喇，嘈醒你真係、真係唔好意思！」看到他雙手合十地道歉，我也不好再説甚麼了，隨即轉身上樓。

　　回到房間，沒有了噪音的滋擾，只覺得世界終於平靜了。

「叩叩叩……」

「叩叩叩……」

「叩叩叩……」

　　我拽起被子一把蓋過頭，才趕跑樓下的噪音不久，怎麼又有人來敲門了。

　　我很討厭那敲門聲，它卻樂此不彼的響著，到後來我實在受不了，輕呼一聲後便起了床。

　　一打開門，只見 Joise 穿著一身雪白的輕紗連衣裙，正微笑的看著我。

　　我的眼睛一下子就直了，吶吶道：「……Joise？」

「你一直冇落嚟食早餐，我仲以為發生咩事。」

　　Joise 忍不住捂著嘴笑了笑，又道：「十點幾喇，我擔心再過多陣就冇早餐食。」

「啊，哦，好！我即刻落嚟。」我趕緊關上門，一溜煙地跑進洗手間。

　　透過鏡子，我看見自己的頭髮不聽話的亂翹，像是頂著一頭

亂蓬蓬的鳥巢，這才明白為甚麼剛才 Joise 會忍不住笑了。

我迅速用了十幾分鐘的時間刷牙、洗臉，順便把頭也洗了，然後又用了幾分鐘來換衣服，然後就離開房間往電梯走去。

不一會兒我就到了飯堂，看到朝著我招手的 Joise，我隨便拿了點食物就過去坐下來。

「唔好意思，要你等咁耐。」沒想到自己昨晚半夜起來那一會，結果就睡過頭了，而且還把頭髮睡成那個樣子。

Joise 只是微笑著道：「唔緊要，你慢慢食。」

「今日有冇咩地方想去？」我問道。

「不如……去十分？」Joise 提議道。

「好呀！」我抿了一口咖啡後，道：「我都想去十分。」

打定主意就在附近走走的我們，吃完早餐後已經是十一點半了，秋天的天氣很涼爽，既不像夏天般悶熱，又不像冬天般寒冷，散起步來十分舒服。

我們沿著旅館附近的小路慢慢走著，Joise 忽然輕聲問道：「噚

晚你落咗樓？」

經過一整天以來的相處，Joise 好像不那麼見外了。

「係呀，我俾佢哋嘈到瞓唔到覺，逼於無奈先至落去問下發生咩事。」我嘆氣道。

我們一邊走一邊聊天，聊聊興趣，聊聊生活瑣碎事，天南地北甚麼都聊，接著便一起乘車到了十分，在那裡感受老街濃濃的人文氣息，品嚐地道的美食，然後又在日落之時到了淡水。

晚上清風徐徐，吃過晚飯的我們，坐在淡水的海邊看著美麗夜景，吹著溫柔的海風。

氣氛本來有些沉默，我突然想到附近有個很不錯的地方，所以便開口問 Jois：「係呢，你係咪中意周杰倫㗎？」

「咦，你點知嘅？」Joise 的臉上露出了一絲驚訝之色。

「哦，我無意中見到你 WhatsApp 嘅 Status 係周杰倫嘅歌詞。」我笑著道。

Joise 輕輕撩了一下被海風吹亂的秀髮，很直白地道：「係呀，我以前就好鍾意周杰倫。」

「我帶你去個地方，包你鍾意。」我神秘兮兮地道。

她聽了之後，有一瞬間的錯愕，「去邊呀？」

「周杰倫嗰套《不能説的秘密》，其實就係喺附近一間學校取景，你想唔想去現場感受下？」我笑著問她道。

「真係？」她眼中目光閃爍著：「嗰間學校就喺附近？」

「係呀，行廿分鐘就到。」説完，我指了指一個方向：「就喺嗰邊。」

「好呀！我哋過去囉！」她笑著站起，臉上都是掩飾不住的興奮之色。

我們從大街轉到小街，再沿著山坡慢慢走到僻靜的學校大門，但因為是晚上的關係，學校早就關門了。

但 Joise 看起來一點也沒有失望，似乎來到門口已經十分滿足。

「跟我過嚟。」我輕輕拉著她的手，開始沿著圍牆尋找進去的入口。

「吓？俾人發現點算？」Joise 顯然沒有想過我會帶她進去裡面。

「冇事嘅，啱先門口警衞室嗰兩個保安仲食住花生睇緊波，邊得閒捉我哋。」我拉著她的手，發現其中一處圍牆有塊突出的磚頭，明顯經常有人利用它來翻牆。

「咁樣好似唔係太好……」Joise 左顧右盼的問道。

　　我借助那塊磚頭，一下子就來到牆的頂端，然後探手下去，輕聲的對著她道：「一場嚟到，冇理由咁就返去嘅，畀隻手我拉你上嚟。」

　　Joise 的牙齒咬著下唇，看看我，又看看周圍，臉上神情複雜變化，內心明顯十分掙扎。

　　過了良久，她終於怯生生的把手遞給我。

　　我笑著用力一拉，她再踩著那塊磚頭借力，很輕易就來到了我身邊，接著我們便小心的順著牆滑到地面，踏入了校園。

　　揉合東方風格的拜占庭式建築、石砌的大教堂、兩排高高的椰子樹、清翠的大草地……

　　甫一進來，Joise 便被周圍的環境迷住，馬上就放下了心理包袱。

「啊！唔知道由教室行去琴房，係咪總共一百零八步呢？」她轉身回眸一笑，長髮在風裡飄飛。

「行下咪知囉？」我笑道。

「嗯！」Joise 嫣然一笑，臉畔顯出了兩個淺淺的酒窩。

「一百零五、一百零六、一百零七……」

　　她從教室出發，經過拱柱走廊，慢慢走到琴房。

「哇，真係一百零八步呀！」Joise 臉上的興奮之色從未褪去。

「哈哈，你行完一百零八步第一眼就見到我，咁以後就只有我見到你。」才剛説完這話，我便立即後悔了。

　　這句話，不就在暗示我和 Joise 是電影裡面相戀的男女主角嗎？

　　果不其然，Joise 臉上浮現起一大片紅暈，轉身便走進了琴房。

　　我只好跟著她，只見她走到鋼琴前面，蔥白的手指輕輕撫上琴鍵。

「不如我哋四手聯彈。」她靜靜地道。

「但係……我唔識彈琴。」我吶吶道。

「我教你！」Joise 溫柔的笑著，然後伸出雙手，在黑白相間的琴鍵上慢慢遊走起來。

「好啦咁。」我硬著頭皮坐在琴椅上。

她的手指一動，我便跟著一彈，僵硬的按下琴鍵。

剛開始我還勉強跟得上，只是到了後來，Joise 已經沉醉於彈奏之中。

行雲流水的音符從她的指尖流淌出來，編織出一段優美的旋律，我悄悄地把手抽回來，靜靜欣賞她的彈奏。

她神情專注地坐在窗邊，流螢的月光透過小窗灑在她的肩頭臉畔，如水波般簇擁著她。

那一刻，彷彿全世界的聲音都消失了。

只有眼前這個清麗女子，如同月光中的一朵清幽百合，美麗綻放。

我心中突然湧起一股衝動，然後就伸出了食指，放到她的臉畔。

她像是察覺到甚麼似的，就在她轉過頭來的一瞬間，臉頰就被我的食指戳中。

Joise 登時滿面通紅，也不知是生氣還是羞澀：「Calvin！」

便在這個時候，外面忽然有手電筒的光線晃了進來。

「噓！」我馬上作出了噤聲的手勢，然後拉著 Joise 藏在鋼琴的後方。

不一會兒，便有兩名保安員踏進了琴房，其中一個打著哈欠地道：「估計又是周董的粉絲吧，不然誰會大半夜潛進來。」

「蠢死了，我女兒也是周董的粉絲，還要我把她的朋友都帶進來呢。」另一個怒氣似乎很大。

「別管啦，應該都逃了，我們回去繼續看球賽吧。」

「走走走，看看比數有沒有拉開。」接著，兩人便勾肩搭背的走了。

我和 Joise 都鬆了一口氣，同樣認為此地不宜久留。

等到我們重新跨過圍牆出去，站在街燈之下的我們，都不禁相視而哈哈大笑。

回到旅館，我稍微休息一下，就去了洗澡。

我才從浴室出來就聽到有人敲門，還有 Joise 的聲音。

我顧不得頭髮還在滴水，趕緊出去開門。

「Joise？咩事？」我一邊用毛巾擦著頭髮，一邊問道。

Joise 眉頭一皺，低聲對著我道：「我間房唔知點解停咗電。」

「停電？」我心裡有點疑惑，我的房間一切如常，按道理不應該只有她的房間停電吧。

「你等我一陣，我換件衫就出嚟。」我開門讓她進來坐一下，隨後便衝進了浴室換衣服。

來到 Joise 的房間，只見裡面黑得伸手不見五指，所有電器都無法使用。

「好奇怪，真係冇電。」我拿著電筒照來照去，卻找不到房間的電箱，只得道：「我哋落去搵人幫手。」

Joise 點了點頭，便跟著我往升降機走去。

這旅館真奇怪，每一處都有電，偏偏就只有 Joise 的房間停電。

可是，當我們來到地面的大堂，卻發現前台竟是空無一人。

「嗰個香港後生仔呢？」我和 Joise 在附近轉了轉，無意中發現了一道虛掩著的門，上面寫著「Azul's」。

「會唔會係嗰個職員間房？」Joise 低聲問道。

「應該係，我都記得佢叫 Azul。」

我慢慢地推開了那道門，很自然的喊了一聲「請問有冇人呀？」，然而裡面只有一張桌子、一堆凌亂的文稿紙，還有一盞昏黃的檯燈。

我走進去一看，發現桌上其中一疊紙，上面的標題寫著《告密》。

難道這就是那年輕人的小說著作？

我本來想拿起來看看，但想了想又打消了念頭，畢竟沒經過

別人的同意就隨便翻看人家的東西，是非常不妥的做法。

　　我們很快就離開了房間，又找了一下花園、飯堂和旅館其他位置，卻連一個人都沒有看見。

　　我們只好放棄尋找，回去自己的房間。

「唉，你話嗰個大堂職員會去咗邊度？」我嘆了口氣道。

「我都唔知……」Joise 目光平視著前方，也輕輕的嘆了口氣，「會唔會有啲地方係我哋唔知？」

「應該冇喇掛，花園、游泳池、飯堂、大堂、佢間房都搵過晒。」我掰著手指頭一個個的算著。

「嗯……咁嗰個人到底會去咗邊呢？」走廊的空氣有點悶熱，加上因為停電而還未洗澡，Joise 渾身黏糊糊的，有些難受。

「不如，」我實在想不出其他辦法，而且剛好走到自己的房門前，「不如你過嚟我間房啦。」

　　Joise 頓時一怔，抬頭向我看去。

「事先聲明，我對你冇任何企圖。」我看見她的臉腮開始變紅，

趕緊舉起雙手作保證，「只係我間房啱啱好有兩張單人床。」

Joise 沒有回答，也沒有説話。

我見她沒有回答，有些急了，只得繼續説道：「你暫時喺我間房度休息下沖個涼，等到個職員返嚟再睇下應該點處理……？」

Joise 的頭低低垂著，瀏海遮住了她的表情。

沉吟片刻之後，她終於點頭同意。

我當即鬆了一口氣，怕剛才會被她誤會。

洗完澡後的 Joise，穿著兩件套式睡衣踏出洗手間，很快就走到靠近窗戶的那張床上。

她整個人都埋在被窩裡面，只露出一個腦袋在外面，背對我躺著。

她輕聲的對我説了一聲晚安，我也對她説晚安後，隨即便把燈關了，房間裡面漆黑一片。

過了良久。

躺在床上的我，卻沒甚麼睡意。

月光愈來愈亮，耀耀清輝，慢慢的透過窗戶灑了進來，照亮了周遭的地方，讓我能看清楚整個房間。

Joise 的睡姿沒怎麼變過，依然背對著我，看著她因呼吸而微微起伏的背影，我想她應該睡著了。

「Joise，瞓著咗未？」我壓低聲線，試探地問道。

「未呀。」Joise 低聲的回答道。

「不如我哋傾下偈。」我靜靜地道。

不知怎的，有時候我希望 Joise 能夠強硬一點，兇我一兩句。

可惜事與願違，她好像不懂拒絕人一般，低低地說了個好。

這個好字，反而讓我有些頭痛，我很想傾訴，卻又不知道該從何說起。

經過一段長時間的沉默，沉默得讓我一度懷疑自己到底想幹

甚麼，我開口道：「其實，我已經想走好耐。」

　　這麼無厘頭的說話，也不知道她有沒有聽清楚。

「我都係。」等了好久，久到我以為她睡著了，她那邊就平靜地傳來了這句話。

「我以前，其實好鍾意 Lydia。」我很艱難、很艱難地說出了這句話。

「嗯，我睇得出。」Joise 這句話很直白，給我的感覺就是她一直在等我這句話。

「Lydia 好好呀，」她背對著我，用一種很羨慕的語氣道：「又靚又叻女，個個都想同佢做朋友。」

「係呀，我讀中學嗰陣就識佢，眨下眼已經識咗佢差唔多十年。」我不禁慨嘆。

「原來你哋已經識咗咁耐㗎喇？」她的聲音有些驚訝。

「嗯，到頭來我先發現 Lydia 唔係我想象中所諗嘅咁樣。」我苦笑了一聲，又道：「總之我唔適合佢，佢都唔適合我。」

「但 Lydia 話你係鍾意佢㗎喎。」Joise 忽然道。

「佢搵過你？」我不感到意外。

「佢 Send 過 Message 畀我。」Joise 的聲音沒有帶著明顯的感情色彩。

「佢應該知道我同你係約埋一齊走。」我慢慢地呼出了一口氣。

　　她忽然沉默了下來，許久都沒有聲音。

　　在這靜默的氣氛之中，我和 Joise 之間的距離好像變遠了。

「Joise，經過呢兩日嘅相處，我發覺自己愛上咗你。」我鼓起全部的勇氣，終於把這句話說了出來。

　　Joise 沒有回答，她只是安靜，一直很安靜。

　　我如同剖白心跡一般，慢慢地道：「呢兩日我諗得好清楚，我唔可以繼續咁樣落去，我知道當初提出話要走嘅係我，依家反口嘅又係我，但我既然知道咗佢哋嘅秘密，唔講出嚟其實係包庇緊佢哋，令到更多受害者出現……我唔想再逃避，我決定返去教會，做個了斷。」

我終於把內心的煎熬，全都說出來了。

「我陪你返去。」Joise 終於開口了。

「唔可以，你應該知道教主有幾危險。」我想也不想便回答道。

「冇得唔可以，」Joise 不再軟弱，如斷冰切雪般堅定地道：「你唔畀我陪你一齊返去嘅話，咁我都唔會畀你自己一個人返去。」

「Joise，你知唔知道你喺度講緊咩？」我幾乎是帶著一絲哀求的意思，道：「你就當為咗我，乖乖地留喺度好冇？」

「你要返去，就要帶埋我。」

她這句話，語氣雖然平淡，卻說得沒有半分的遲疑，更不給我半分商量的餘地。

這還是第一次，我說不過她。

我望向 Joise 躺在床上的背影，深深凝視，很久都沒有說話。

我重新轉回頭去，又沉默了良久。

房間的窗戶沒關，輕柔的夜風吹動窗邊紗簾，發出輕微的沙

沙聲響。

良久之後，我說的話，就只有那麼一句而已。

我慢慢地，微笑著說：

「多謝你，Joise。」

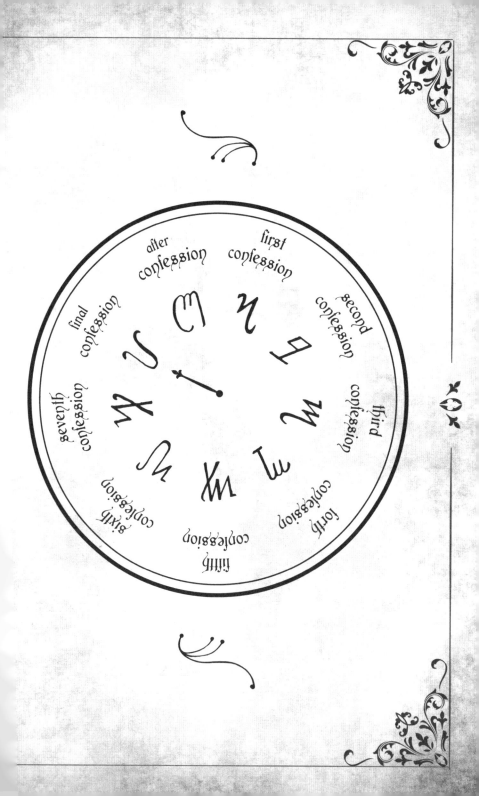

Final Confession

明明天氣晴好，但當來到這棟熟悉的商業大廈面前，陰暗的感覺便從四面八方籠罩過來，彷彿周圍有著獰笑的魔爪，向我們抓來。

慢慢的，我有點退縮，但是，我的掌心裡，指尖上，漸漸傳來了溫暖。

她看著我，甚麼都沒說，只是那目光溫柔而堅定，始終不曾改變。

在這黑暗的世界裡，她就是我唯一安穩的所在。

我微微點頭，握緊了那隻柔軟溫暖的手掌，慢慢將內心那份恐懼壓了下去，然後向前踏去。

這棟大廈這麼高，但我們只有一個地方要去。

推開門進入教會，在走廊上迎面有些教友笑著向我打招呼，似乎不知道我曾經離開過一個多星期，也有些教友忍不住地回頭張望我和 Joise 那十指緊扣的雙手，驚詫不已。

來到大禮堂後，明明今天不是祭祀日，裡面卻人頭聳動，除

了教友外，還有許多不曾見過的陌生臉孔。

「咦？Calvin、Joise，你哋去完旅行返嚟喇？」教主發現了我們，臉上掛著若無其事的笑容。

他明知道我們逃到了台灣，而且每晚傳恐嚇訊息給我們，我不再吃他這套，直接跟他說：「教主，我已經決定咗唔再遵守教律，亦都唔再做你哋嘅幫兇，我會向警方坦白我知道嘅一切。」

端著一杯香檳的教主，聽到我這話的時候，一直在輕輕搖晃酒杯的手突然停下來。

「你講咩話？」他臉色一沉。

「我已經知道咗 Jacob 神父係你殺嘅，仲有好多喺懺悔室聽到嘅罪行，我通通都會向警方坦白。」我慢慢的，一字一字地道：「就算我同 Joise 會因為咁而受到法律牽連，身敗名裂，我哋都要阻止你哋。」

「Calvin，不如你冷靜一下，聽下我講先。」教主從剛經過的服務員手中拿了一杯紅酒，遞給了我：「今日呢個大型佈道會好重要，我已經籌備咗好耐，你嘅目標都係我啫？冇必要引起騷動吖？」教主一臉懇求，態度完全變了，「只要佈道會順利結束，到時你想做咩我都唔會阻止你，好冇？」

我環顧四周，心想這麼多人，若果引起騷動就麻煩了，於是對教主點了點頭，答應道：「放心，我會等佈道會完咗先報警。」

教主感激不已，隨即走了開去，跟新來賓聊天。

我也放下了紅酒，慢慢走往禮堂的角落，站在那裡的是阿偉。

「Joise，我有啲嘢想單獨同阿偉講。」我沒有告訴她，阿偉就是殺人魔救世主。

「嗯，我坐埋一邊等你。」Joise 說完便轉身走去，在禮堂後排的座位上坐了下來。

我慢慢走上前去，來到那個角落，淡淡地喊了一聲：「阿偉。」

我的聲音讓低著頭的阿偉慢慢抬起頭來，他的表情有點詫異：「C-Calvin？你、你返嚟喇？」

他又變回那個口吃的阿偉，彷彿當晚殺人放血的人根本就不是他一樣。

「傾兩句？我啲嘢想問你。」這個角落剛好沒甚麼人走動，還能看見禮堂的情況，我的視線在人群中找尋 Joise 的身影，確認她安然無恙後就放心了。

「好、好呀。」阿偉笑了笑。

「你話你要去除罪惡，你要殺晒啲罪犯，」我目光炯炯的看著阿偉，不錯過他臉上任何一個表情，「但點解教主做咗咁多衰嘢，你唔殺佢之餘仲要助紂為虐？」

阿偉忽然有些錯愕，但這種神情轉眼即過：「教、教主？佢做咗啲咩衰嘢呀？我、我唔知道喎。」

阿偉一副茫然的樣子，裝作毫不知情。

聽見他這樣的回答，我就知道自己的猜測是正確。

「你所謂嘅正義標準，其實就係專揀一啲出名嘅壞人嚟殺，等啲人覺得你係伸張正義，捧你做救世主。」我靜靜說道。

「我、我都唔知你講乜，反正我殺嘅人都係抵死。」阿偉有些不滿地道。

「你殺人根本只係為咗吸引人嘅注意，滿足自己嘅虛榮心，所以教主呢啲真正嘅罪惡你係唔會有興趣，佢死咗，啲人都只會悼念佢，甚至鬧你亂殺好人，你最擔心嘅就係自己嘅正義形象受損，邊有可能殺教主？」我的聲音忍不住飆高，幸好附近沒有人聽見。

我這話直指出阿偉真正的殺人目的，他已經被我看穿了，此時此刻的他，如同沒有遮羞布一樣站在我面前，可笑的是他現在還在努力地編著藉口。

　　不過還沒等到我再次質問阿偉的時候，Vincent 就忽然經過我們身邊。

　　他推著一輛輪椅，上面坐著的是他的妻子 Ashley。

　　「Vincent……？」我怔了一下，沒有再理會阿偉，問道：「Ashley 唔舒服？做咩坐住輪椅嘅？」

　　我這麼問，純粹是出自關心。

　　「係呀，她今日唔係太舒服。」Vincent 的目光游移著，臉色有些不自然。

　　我低頭看去，只見本來皮膚就很白的 Ashley，如今白得像紙一般，近乎病態。

　　「Ashley？」我喊了她一聲，但她沒有任何回答，亦沒有點頭和搖頭。

　　她的雙眼失了焦，茫然地睜著。

我發覺不對勁，打了個冷顫。

「唔好阻住佢休息喇。」Vincent 神情閃爍，欲推走輪椅。

我一手按停了輪椅，另一隻手顫抖地伸出，想探探 Ashley 是否還有鼻息。

「唔准你掂 Ashley！」Vincent 神經反射般拍掉我的手，狠狠地吸了兩口氣後道：「唔准你玷污 Ashley！」

Vincent 這句大喊，馬上吸引了附近不少人的目光，他微微彎下腰，把自己的臉貼在 Ashley 的臉上，陶醉地蹭了蹭。

Ashley 臉上的表情僵硬而沒有變化，已經是一具屍體了。

我嚇得後退了一步，不料最壞的情況竟就在眼前。

Ashley 被 Vincent 殺了，然後成了他眼中至高無上的藝術品。

禮堂裡鼎沸的人聲突然安靜下來，每個人的臉上都浮現出不可思議的表情。

「發生咩事？」

「佢喺度做緊咩？」

「佢個樣有啲變態咁……」

　　眾人之中，隱隱傳出竊竊私語的聲音。

　　「唔好意思咁多位新來賓，敝會有啲內部事情要處理，今日嘅佈道會就此結束。」教主不知何時走到講台，說話清楚地傳進在場所有人的耳中。

　　教主自然是百般不情願，但比起佈道會提早結束，他肯定更加不想這裡的事情傳出去。

　　新來賓們面面相覷，顯然不知道為甚麼好好的一個佈道會忽然結束，只知道現在都不是質問的時候，隨即魚貫離開了禮堂。

　　任誰也想不到，這家教會的人已經病入膏肓，殺完人後，居然還把屍體推到教會。

　　大門被關上後，正當 Vincent 滿足地直起身子之際，教主在一旁抽出一把刀，直接就刺進 Vincent 的胸口。

　　我目瞪口呆地看著這幕荒謬絕倫的鬧劇上演，一時無法反應。

　　「教主……」Vincent 登時睜大了眼睛，「點解……？」

他一臉疑惑，不明白教主為甚麼要殺害他。

「畀你有命離開，只會令件事揚開去。」教主淡淡地道。

但 Vincent 已經聽不見了，他倒在 Ashley 的懷裡，雙目大瞪已經氣絕。

「你哋全部人都要揖屍體一刀，揖完之後大家就係共犯，今日發生嘅事一隻字都唔可以講出去。」

教主說完便把刀交給最靠近他的阿偉，阿偉二話不說就拿起刀插進 Vincent 後背，然後用力拔出來，拉出一小條血柱。

接著連續幾個都是我認識的教友，他們臉上表情雖然怪異，但還是按著教主的意思行動，就好像想趕緊逃離這裡一樣。

然後，我看見了渾身發抖的 Joise。

刀傳到 Joise 面前，在她之前的幾個女教友都學著男教友，直接就閉著眼睛隨便揖了屍體一下。

可是，Joise 卻久久都不願意接過那把刀。

「Joise，你快啲揖屍體一刀，你後面仲有好多人等緊。」教主看

上去是想趕緊弄完，免得夜長夢多，所以忍不住催促她。

「我、我唔會再咁做。」Joise 的聲音有點發抖，卻很堅定：「教主，我唔會再做你哋嘅共犯。」

「你傻咗呀？」教主沉聲問道，再也不見平日那個和藹老人形象，由內到外都散發著陰狠的怒意。

「傻咗嗰個係教主你……！」Joise 的嘴唇因為用力咬著而有些蒼白：「你收手啦好嘛？唔好再錯落去喇。」

　　教主卻不以為意，明顯開始失去耐性：「你以前都唔係咁㗎，做咩去完個旅行返嚟就變得唔聽話？快啲拎起刀，拮完就到下個。」

　　只見 Joise 低著頭一聲不發，一直不肯接過刀子。

　　我突然愣住。

　　只知道再這樣下去，Joise 會有生命危險。

　　我拼命的打眼色給她，要不然先聽教主的話，不要觸怒他，待我們離開了，再告發這群喪心病狂的混蛋。

她卻沒有看見，轉過身面對著教主，慢慢地道：「就係因為以前聽你講，我做咗好多錯事，內疚到甚至一度想自殺……」

　　她忽然轉頭看著我，目光裡閃爍著從未見過的色彩，輕輕的、幽幽地道：「係 Calvin 拯救咗我。」

　　我只是怔怔地望著她，嘴唇動了一下，卻始終沒說甚麼。

　　然後，她重新轉向教主，慢慢地說著，卻如斷冰切雪一般堅定：「既然個天畀多次機會，我唔想再錯落去，所以我唔會再做你嘅幫兇。」

　　聽到 Joise 的話後，現場有些人開始竊竊私語，說他們也不再想殺人，不想再被逼著成為共犯，有部分膽子比較小的女生，已經在偷偷哭泣。

　　「廢話！」教主拿過血淋淋的刀，怒喝道：「Joise，用你嘅行動話畀大家知，你頭先只係一時糊塗，講錯咗說話。」

　　說完，教主硬把刀子塞到 Joise 手中，Joise 彷彿被甚麼嚇到一樣，把刀直接扔到地上。

　　即使扔掉了刀子，Joise 仍然不小心沾到了一點點鮮血，她全身彷彿觸電似的一震，顫抖著手拼命擦拭。

教主隨即撿起地上的刀，冷著臉看著 Joise，問道：「我再問一次，你到底揼，定係唔揼？」

「唔揼！我唔會再聽你話！」

Joise 的話，徹底觸怒了教主。

教主舉起刀，然後快速、狠厲的對著 Joise 白皙的脖子砍了下去。

鮮血濺起，在半空中蕩起一朵詭異燦爛的血花。

Joise 的頭顱飛起，然後落下，在地上滾了幾圈，最終停在我的腳邊。

那一刻，我的大腦完全一片空白。

附近傳來了尖叫聲，我的耳朵卻彷彿蒙上了一層薄紗，朦朧之間，甚麼也聽不清楚。

「呢隻企鵝好似你呀！」

「你、你同嗰隻企鵝都好似。」

「又真係好似喎。」

我慢慢的蹲下，伸手觸摸到的血液還是溫熱的，可是那雙美麗的眼睛，已經徹底地失去了光彩。

　　不管我怎麼呼喚，不管我説甚麼，她都聽不見，她再也聽不見了。

「你唔係好人？」

「嗯，我紅燈都照過馬路，扰垃圾又唔分類回收。」

「我認真你就喺度講笑。」

我捧著她的腦袋，緊緊地抱在懷中。

原來真正的傷心，是連一滴眼淚都流不出來的。

「你真係送畀我？」

「係呀，你唔想要？」

「唔係！」她緊緊的抱著企鵝布偶，忽然輕輕説了一聲：「多謝你。」

彷彿在做夢一般，腦海裡忽然浮現出她的身影，緊緊抱著企鵝布偶，對我展露出世間最美麗的笑容。

寒意如潮水般洶湧而至，彷彿只有那個笑顏是我心頭最後一絲暖意。

只是，隨著那身影慢慢遠去，連殘存的最後一絲溫暖也漸漸消失，我的內心深處，彷彿有甚麼東西悄悄斷裂。

教主把沾有 Joise 鮮血的刀扔到我面前，他不斷張合著嘴巴，似乎要我用刀刺向 Joise 的屍體。

我慢慢拾起了地上的刀，將刀刺進 Joise 的屍體，那個沒有任何知覺的身體裡。

不是刺一下，而是兩下，三下，四下，五下……

我是瘋狂地刺，根本沒有人能夠阻止我。

耳邊傳來像刺西瓜般的肉體刺穿聲音，我的雙手無法停止，彷彿它們已經不受大腦的支配。

我忽然想起了 Joise 彈奏那首曲子的旋律。

教會教主慘遭分屍
部分肢體仍未尋回

11 月 29 日下午三時，香港中環區一寓所內發現慘遭肢解的無名屍體，經法醫驗屍後，證實死者是香港■■教會的教主，死於由失血過多所引發的多重器官衰竭，昨日由同層鄰居發現死者寓所有異常後報警，警員破門而入後發現死者在屋內已死去多日，警員翻查閉路電視畫面，發現一個背影沒有任何具體特徵的男性曾經進出過死者寓所，不排除與謀殺案有關，警方將對此作進一步調查。

兇手的殘殺手段極其惡劣，毫無人道可言，死者的四肢被砍下後，各處傷口被塑膠袋包裹，以減慢血流速度，延後死者的死亡時間。更為殘忍的是，兇手為了進一步延長死者生命，在其脖子上注射白蛋白液，根據現場警員消息，案發現場內發現了五個白蛋白液的空瓶，總共能維持死者五天壽命，尤其是在生命體徵極速消失的情況之下，死者從被肢解後，估計整整掙扎了五天才死去。

認識死者的人指出，死者是個德高望重的老者，服務■■教會多年，為人極為謙遜，很多人都難以接受這個事實，

警方還指出死者的四肢目前仍未尋獲，而寓所內的財物沒有遭到搜掠的痕跡，初步懷疑為蓄意謀殺案。

該謀殺案件曝光後，社會各界都非常震驚，行政長官在會見傳媒時對死者被殺一事深表遺憾及傷痛，直斥兇手是「非人類」。該謀殺案件曝光後，社會各界都非常震驚，行政長官在會見傳媒時對死者被殺一事深表遺憾及傷痛，直斥兇手是「非人類」。

【■■教會教主分屍案】
行兇神父被判終生監禁

昨日早上（1月17日），香港高等法院開庭處理近期教會教主慘遭分屍殺害案，由於死者為社會名人，為此，法官特意提前了解死者的身份背景，再次確認他是否曾與人結怨，排除與人結怨的可能性後，才正式開庭審理。

「我係 Calvin，教主係我殺嘅。」，被告於審訊時一直重複這句話，由於被告認罪，很大程度上減少人力物力調查，這宗讓香港市民牽掛著的案件，終於在法官的宣判中落幕，被告謀殺罪成，被判終身監禁。

法官宣讀判詞時表示，二十四歲的被告殘酷無情及有預謀地犯罪，裁定罪成後沒有任何求情，可見他並沒有悔意。

　　據現場消息指出，本宗案件所牽涉的複雜性和嚴重性，對社會治安、秩序有重大的負面影響，很多香港市民在法院門前，要求法官公正審判，不要誤判也不要放過任何犯人。被告於作供時已經認罪，但是他並沒有向法官求情，很多到場旁聽的市民都感到不可思議。

　　社會各界呼聲激烈，被告是死者所屬教會的神父，教友形容其為人熱誠可嘉，平日也經常做義工，頗具愛心，故此沒有人明白他的行兇動機是甚麼，而被告在現場也沒有多餘說話，只反覆說那句「教主係我殺嘅」，經過醫院的精神評估，認為被告精神狀況並無異常。

驚嚇！近郊旅館失火
現場挖出數十具屍體

　　（中傳）台北市近郊一棟樓高十層的單幢式旅館於昨日凌晨（11 月 21 日）被燒毀，後花園內挖出達數十具屍體，年齡在五至五十六周歲之間。

這棟旅館在一夜間被燒了個精光，當員警勘查現場時，在旅館的後花園發現了一個十分震驚的事情，該旅館的後花園內埋藏了數十具屍體，據現場法醫鑒定，屍體年齡在五至五十六周歲之間，相信是旅館的住客。

就在大家猜測懷疑縱火人是不是旅館主人的時候，員警發現裡面其中一具屍體，跟旅館主人的特徵很像，現在大部分人還在猜測，就等著旅館主人的家人從高雄前來認屍，如果連旅館旅店的主人都被殺害了，這案就變得更加撲朔迷離。

消息人士說，他本來不是經過這裡，而是被一陣陣的火光吸引了他，一過來後才發現這棟旅館已經燒得只剩下外殼，裡面也沒有人喊救命，萬幸的是該旅館周圍沒有其他建築物，沒有造成其他更嚴重的火災。

員警到場調查，發現現場有汽油跟易燃品的殘留物，除此之外，這家旅館沒有遺留任何東西，更讓人覺得不可思議的是，縱火現場沒有留下任何指紋和閉路電視片段，沒有直接的目擊證人，除了知道是蓄意縱火外，其餘線索一無所獲，種種跡象，都為破案增加了不少難度。

台北市警察局士林分局及刑事警察大隊成立了專案小組展開偵辦，呼籲民眾若掌握案情，請主動與承辦單位聯繫。

「36491，有人探你監。」

　　我還未適應這個用編號生活的地方，當有人喊著我的編號，我也沒有反應回來。

　　我坐在監倉裡一動不動，直到獄警走過來用警棍敲了敲鐵柵：「叫你呀，快啲同我出嚟。」

　　獄警掏出鑰匙把門打開，我才茫然的跟著他走，走去哪，去見誰，我不太清楚，也不太關心。

　　我被安排坐在一張椅子上，椅子的對面坐著來探監的人，中間相隔著一塊玻璃。

　　獄警把我的手銬跟腳銬都拿走後，我鬆了鬆手腳，有種久違的自由感覺。

　　對面慢慢坐下了一個人，那個人安安靜靜坐在那裡沒有說話，我也沒有開口，甚至都不想抬頭看看是誰來探我。

「你嘅表現好精彩，多謝你上演咗一場好戲。」那人的聲音隔著玻璃傳來，這聲音有點熟，但一時間我想不起是誰。

「認真嘅，故事能夠順利變成一本書，都係全靠你，Calvin。」

那人很誠懇地道。

　　這個時候我才慢慢的抬起頭來，甚麼叫故事順利變成一本書？跟我又有甚麼關係，我不明白他話裡的意思。

「故事嘅結局實在太精彩喇，精彩程度甚至超出咗我嘅想象，所以我特登過嚟搵你，想同你講聲多謝！」他接著又道。

　　我聽得懂他說的每一個字，可是連在一起卻不明白是甚麼意思，等到我眼睛適應了這裡的燈光後，定睛一看，只覺得這個人很眼熟。

「你……你係嗰間台灣旅館嘅大堂職員！」因為實在太震驚了，我大腦有片刻的短路，尤其是某些封存的記憶在慢慢轉動，某個人的音容笑貌，都在我腦海中一一浮現出來。

　　他的名字叫甚麼來著……是 Azul 嗎？

「你記性唔錯，」他誇了我一句後，拿起手中的礦泉水，扭開喝了一口：「Calvin，你嘅表現根本就話緊畀大家知道，你就係我塑造出嚟嘅完美主角。」他開心的咧著嘴笑道。

　　我實在不明白他是甚麼意思，我是他塑造出來的主角？

雖然我很想弄明白這人到底在說甚麼，但我臉上卻表現不出來。

「你講乜嘢呀究竟？」我淡淡問道。

「唉，其實你聽唔明係正常，」他將手中的水瓶扭緊，然後放在自己的左手邊，才慢慢地說道。

「我之前咪同你講過我係小說作者嘅？」他頓了一頓，又繼續道：

「其實最近幾篇作品，我已經去到樽頸位，再寫唔出有趣嘅劇情。」

　　他緊皺眉頭，一副十分苦惱的樣子。

「然後我就做咗個大膽嘅構思，想睇下我可唔可以創造一批有自由意志，完全唔受作者控制嘅角色出嚟，然後畀佢哋自己發展成唔同嘅故事。」這時候的他，面目已經開始扭曲，變得猙獰。

「《告密》呢本小說就係我第一個試驗品，裡面每個角色都有各自唔同嘅內心世界、目的，同埋有非常強烈嘅情緒驅使佢哋做出一啲出人意表嘅舉動，正因為咁，我先可以得到一個咁精彩嘅故事。」

　　他自說自話，根本不需要我回答，不過即使他說得天花亂墜，我都沒有作出任何反應，只是安安靜靜的看著他，就把他當成一

個沒地方宣泄，專門來找我這個殺人犯聊天的傻子好了。

「你要知道，喺我塑造嘅小説世界裡面，所有人包括你在內都係我創造出嚟嘅角色，不過你先係故事嘅真正主角，其他人只不過係陪襯，甚至係驅使你蜕變嘅踏腳石。」他説完這句話之後，就一臉笑意的看著我。

「照你咁講，咁我咪即係故事男主角，可以喺你嘅小説世界裡面為所欲為？」我雖然不相信他，但是我還是很配合他的想象，只是這話一出，神采飛揚的他突然停下來了，糾正道：「唔係，你嘅角色設定只係一個擁有正常人體質嘅神父，可以為所欲為嘅個係我，雖然有啲限制，譬如創造出角色之後就唔可以再控制佢哋嘅行為同思想，亦都唔可以再改變佢哋嘅設定。」

　　我不禁一怔，但隨即笑了笑，只覺得他真不愧是小説家，故事編得蠻厲害的：「冇所謂啦，咁我依家落得咁嘅收場，都係你想要嘅？」我問道。

「冇錯！咁嘅結局實在太完美喇，起碼你已經蜕變成扭曲嘅正義執行者，呢個就係我最想故事出現嘅轉折。」他的眼睛發出奇異光芒。

「唉，你都係唔好再喺度亂講喇，你講嘅呢堆嘢邊個會信？」説真的，這個時候我想走了，我覺得再跟他交談下去也沒甚麼意思。

當我説這話的時候，他彷彿看出了我內心的困惑，微微一笑道：「你信唔信都好，我對依家嘅結局真係好滿意。」

　　他停頓一下後又繼續説道：「我之前成日都喺度諗，點樣去寫一本小説先可以令自己得到最大嘅樂趣。你唔知道，其實好多小説家都係含鬱而終，因為佢哋為咗照顧讀者感受，為咗符合大眾嘅道德倫理觀，好多情節往往都係刻意編造，根本就唔係佢哋真正想創作嘅內容。」説著説著，他情緒有點激動，開始咳嗽起來。

　　然後我看見一個壯碩的大漢，無視獄警逕自走了進來，他就是我在旅館遇過的那個大漢，依然是一副臉癱的樣子，沒有任何表情。那大漢從口袋裡掏出一小瓶藥，倒出兩粒給 Azul，完成後，那大漢又重新走出去了，獄警沒有任何反應，就好像從來都沒有人進來一樣。

　　Azul 就著水吞下藥片後，又繼續道：「於是乎，我諗到一個辦法，一個我非常自豪嘅辦法。」此刻，他露出一口白齒，好像航行中看到導航燈一般興奮地道，「既然自己寫一定會有所顧忌嘅話，咁不如就創造一個真實嘅小説世界，作者唔可以控制自己創造出嚟嘅角色，所有角色都有自己嘅意識，唔受作者干預亦唔知道自己就係小説角色，佢哋之間會自行產生化學作用，碰撞出千千萬萬個故事。」説到這裡，他又微微咳了一下。

「你可能會問，如果我由得啲角色自由發展，咁故事情節咪會失

控？」他一直在自説自話，我根本不想理他，只覺得這個人根本是寫小説寫瘋了。

「但其實失控先係最大樂趣，就好似你同 Joise 咁，我點都估唔到你哋會私奔去台灣，但就因為你哋向住我意想唔到嘅方向發展，先至令我驚喜，當然，前提係故事嘅最後係崩壞結局。」

我沒有説話，只是用一種厭惡的眼神看著他，他的言語已經徹底地打擾到我了，可是很明顯地他並沒有發現，繼續發表他的長篇大論。

「所以，為咗避免故事同我所諗嘅一樣，我盡量都唔會干預劇情，只有喺逼不得已嘅情況下，我先會現身推動劇情或者阻止故事中途結束。」

「講完未？」我已經很不耐煩了，問道：「講完我係咪可以返去？」我真的不想再浪費時間在這裡。

聽到我這句話，他只能再一次開口道：「仲記唔記得嗰次你喺通州街天橋底同個白粉佬爭執，你當時已經有生命危險，我咪喺天上面跌咗把電槍畀你嘅？我就係唔想故事提前結束先會救你。」

聽到他這樣一説，我不禁有些動容。

為甚麼他會知道這件事？難道是當晚的義工告訴他？

看著我雖然有所動容但依然不相信的樣子，他繼續開口道：「阿偉係連環兇殺案嘅兇手『救世主』，但係佢嘅身份係點俾人發現嘅呢？其實都係我，係我將佢嘅資料寄去畀電台主持人葉公子，仲有，當晚喺救世主聚會場所外面，枝麻醉針都係我射嘅，為咗令你順利目睹阿偉殺人嘅一幕。」

我睜大眼睛，啞口無言。

他又繼續說道：「我喺你身上設計咗一個隱性嘅反常基因，就係當被觸發就會充滿殺性，」他微微換了口氣後，「但我又好擔心你嘅反常基因唔會被觸發，當故事劇情推進到就快結束嗰陣，我都一直擔心緊呢個問題，但最後，我就知道自己係被幸運女神眷顧，Joise 嘅死徹底觸發咗你嘅反常基因，再同你本身嘅正義設定混合，令你一下子蛻變成扭曲嘅正義執行者。」

那一刻，雖然我還是半信半疑，但當他提及 Joise 的死，馬上就觸動了我內心最敏感、脆弱的神經。

當我回過神來的時候，已經在瘋狂地拍打著面前的玻璃。

「我同你無仇無怨！！點解你要咁對我！！！點解呀！！！」我心臟幾乎要炸開，想將他碎屍萬段。

他慢慢站起來，雙眼深邃莫測：「一切都係為咗我嘅作品，一個心地善良，本應前途一片光明嘅神父，墮落成扭曲殺人狂魔嘅故事，多得你，個故事先可以完滿落幕，正如我一開始所講，我真係好滿意你嘅表現，哈哈哈哈……」

　　聽到他的這話，我徹底地瘋了，腦海裡一直迴盪著他彷彿藐視一切的狂妄笑聲。

「我要殺咗你！！！就算幾咁困難我都要殺咗你！！！！」

　　突然的暴怒，讓站在門口的獄警趕緊跑進來，拿出腰帶上的電槍，往我身上一放。

　　電流通過全身，一下子就軟倒在地上了。

　　我不會忘記那一幕，那個喪盡天良的男人，用一種高高在上的眼神俯視著我，臉上掛著滿足的笑容……

兩個月前。

　　剛從台灣乘飛機回到香港的我們，沒有立刻前往教會，而是過了幾天的平靜日子。

　　那天，我在家裡收拾了一整個下午，站起來抬頭一看牆上的掛鐘，已經六時多了，看著夕陽的餘暉，我想去找 Joise，腦海裡一浮現出這個想法，我就已經來到樓下停車場。

　　一道道霓虹燈，照亮了整個城市，我穿過鬧市，開著車一直駛到盡頭，速度才漸漸慢了下來，Joise 的花店就在那裡，鬧市中一個寧靜的角落。

　　我把車停泊在她花店的前面，坐在車裡的我細細打量著這家花店，店名叫「Joises Florist」，店面只有一扇玻璃大門和採光玻璃，並沒有過多的裝飾，就像她本人般低調。

　　我突然沉思起來，在車上坐了一會兒後才慢慢步出車廂，抬步往 Joise 的花店走去。

　　店內，只見 Joise 正站在一條工作梯上面，費力的將一袋像是肥料的東西塞到牆櫃，忽然一個用力過猛，她腳下不穩，重心往後傾斜，肥料是塞進去了，可是整個人卻往後倒，我見狀趕緊衝上前，伸手將她扶穩。

她轉頭看見是我，眼睛裡一抹驚恐快速散去，隨之而來的是驚喜，「Calvin，你過嚟都唔話聲畀我知嘅？」

「不過好彩你嚟咗。」她語氣中充滿了慶幸，又道。

「你都知呢，如果我頭先唔喺度，咁你點算？」我很擔心，剛剛看到她往後仰的時候，我真的有點被嚇壞。

「我以後會小心啲喫喇，係呢，你做咩過嚟嘅？」Joise好像不太喜歡剛才的嚴肅對話，想轉移話題。

「嚟接你收工呀。」我也很快轉換了心情，笑著問道：「點呀，仲未放得工呀？」

　　我看著Joise，搔了搔頭又道：「呢度附近有間新開嘅餐廳好似唔錯，一齊去試下囉？」

「好呀。」她爽快得讓我以為自己有幻聽：「不過我仲有啲手尾要執，好快，你等等我。」

「慢慢吖，唔急。」我說完後，便坐在一張藤條椅子，看著Joise在一張小圓桌邊輕輕擺弄著一些花材。

　　這時候，我才有機會看清楚店裡的環境，店裡目測大概有

二十五平方米，門口處擺放著一個小小的樓梯形花架子，上面有著各種類型的多肉植物，而店裡靠牆位置則擺放著各種各樣的新鮮花朵，我沒事情可幹於是數了一遍，總共有三十六種，可能還有一些我沒數出來吧，店裡的裝飾大部分都取自天然材料，正中間就有兩張用藤條編織成的桌子、原木造的櫃子和一些木造小擺設，看著這間以文藝氣息為主調的花店，這裡的一切都很自然，像置身於田園一般。

今天的 Joise，白色連衣裙前面圍了一條卡其色的圍裙，她安安靜靜地在那裡整理著花材，我都不禁看得入神。

「Joise，你鍾意咩花㗎？」我忍不住開口問道。

「我鍾意桂花，」Joise 歪著腦袋，手中繼續扎著花束，「其實，只要係花我都鍾意。」

「咁點解你會鍾意花嘅？」我不禁又問道，雖然這個問題好像有點多餘。

「因為……雖然花唔識開口講嘢，但係佢哋嘅情感意義係言語傳達唔到嘅，每一次送花，都係將送花人寄託嘅心思都送埋出去。」

Joise 的解釋，讓我微微一愣，原來花在 Joise 的眼裡，有這麼豐富的含意呢。

「就好似黃百合咁，佢嘅花語係高貴、榮譽，而百合嘅花語就代表百年好合……」我感覺自己問到點子上了，Joise 一說起花就停不下來。

「咁……咩嘢花嘅花語係我愛你呀？」聽著 Joise 說了好幾種花語，我開始有些了解，趁著 Joise 停頓之際，我趕緊問道。

「哦，有好多種花嘅花語都代表我愛你，例如毋忘我、香檳玫瑰、紅玫瑰、風鈴草等等，不過，紅玫瑰係最受歡迎嘅。」Joise 點了點頭，一副很認真的表情。

　　我隨即站了起來，拿起了一束十一枝紅玫瑰，走到還在說話的 Joise 面前。

「送畀你。」我把花遞給她。

　　Joise 頓時臉上一紅，輕聲道：「唔好玩我啦。」

「我好認真㗎，十一枝，我有冇攞錯到？」我一邊問道，一邊在口袋裡掏出錢包，取出幾張鈔票：「麻煩幫我包起佢吖，要包得好睇啲，因為我要送畀我心愛嘅女人，同佢講聲我愛你。」

　　這話，讓 Joise 的臉更加紅了，她伸手接過我的花，害羞地道：「知道喇知道喇。」

她嘟嗡了一句後，便轉身背對著我，將那十一枝紅玫瑰包起來。

　　我回到剛剛坐著的位置，看著 Joise 有些不知所措的背影，嘴角忍不住上揚，心裡湧起甜滋滋的感覺。

　　等到大概七點鐘，Joise 也整理好花材，店舖卷閘門「咔嚓」一聲合上後，她和我便慢慢地步行往附近一家餐廳。

　　Joise 滿臉通紅地抱著那束花，看上去好像有些彆扭。

「係咪有咩事？」我看她的臉色，還以為發生甚麼事了，趕緊問道。

「拎住束花有啲奇怪……」Joise 吶吶地道。

「奇怪？點解嘅？」我好奇問道。

「束花係我親自包嘅，就好似我自己送畀自己一樣。」她低著頭，臉上的淡淡紅暈，一直沒有退散。

「哈哈，你咁講又係喎，咁我下次去第二間花店買花送畀你。」我不禁笑了。

「咁⋯⋯」Joise 看了我一眼後，又低下頭道：「咁仲奇怪。」

說完這句話後，她緊緊的抱著花束。

「好啦好啦，咁我下次唔送花，送其他嘢啦，例如⋯⋯心意卡咁好冇？」面對這樣侷促不安的 Joise，我實在覺得很好笑，強忍著笑意說出了解決方法。

「嗯，睇嚟只可以係咁。」Joise 的聲音漸漸低沉，似乎有些失落，我實在忍不住哈哈大笑起來。

「你、你好衰呀，又笑我。」她有點惱羞成怒了，我趕緊的摀住嘴巴：「好啦好啦，我唔笑，我唔笑啦。」

我們繼續慢慢往前面走，忽然之間，她將手送進我的掌心，紅著臉，以低得幾近聽不見的聲音道：「多謝你⋯⋯我好開心。」

我握緊了她的手掌，再沒有說話，微笑牽著她繼續前進。

吃過晚飯的我們回到車裡，我隨即問 Joise：「你屋企喺邊？時候都唔早喇，我車你返去。」

一路上的打鬧，歡樂時光過得很快，即使不捨得，我也得跟她開口了。

　　坐在副駕駛座的 Joise 忽然不說話，也不敢看我的眼睛，她雙手緊張地交握著，一張臉紅得像熟透的番茄。

　　我明顯感覺到了異樣，雖然不知道她為甚麼忽然間會這樣，但我沒有開口問她，只安安靜靜地陪著她，也不知過了多久，微微垂下頭的 Joise，口中才低低地說了這麼一句：「我今晚唔想返去。」

　　我聽後一怔，一時聽不明白，待我真正明白了她的心意後，也旋即臉紅起來，偏開了頭，臉頰好像被火燙了一般。

「咁、咁去我度？」我結巴地道。

　　隨著我的話落，車裡的氣氛變得異常安靜，靜得連彼此的呼吸聲都能清楚聽見。

　　我秉著呼吸，等待她的回答，車子就一直那麼停在她的店前，我一直在等，心臟一直「砰砰砰」亂跳，一直到，她微微的，帶著濃濃的羞澀之意，點了點頭。

深夜的星空，璀璨無比。

之前無數個被噩夢嚇醒的晚上，我也這樣看過夜空，可是當時只有滿心的絕望，現在卻變得不同。

赤裸著上身的我，倚著露台的欄杆，看著外面漆黑一片的街景，就算白天怎樣熱鬧，到夜裡總是要歸於寧靜。

想到這裡，我回頭看了房間一眼，只見 Joise 此刻正睡得香甜，就如孩子般天真的表情，嘴角還掛著一絲微笑。

我靜靜地看著她，會心微笑，不知有多久，沒有過這種安心感覺了。

便在這個時候，口袋裡的手機微微震動起來，我掏起來一看，是 Lydia。

Lydia 這個名字，要不是在這個時候突兀地出現，我還真的快忘記了。

我盯著屏幕看了一會，只見來電一直顯示著，於是便按下了接聽鍵。

「喂。」接通電話後，對方那邊也是很安靜。

「喂，Calvin，你係咪返咗嚟？」Lydia 的聲音很平淡，沒甚麼感情。

「嗯。」我輕輕的應了一聲，怕吵醒熟睡的 Joise，所以盡量壓低自己的聲音。

「Joise 係唔係都同你一齊返咗嚟？」Lydia 繼續問道，聲音還是那麼平淡。

「嗯。」我還是一個字，說真的，此刻我還是有些排斥 Lydia。

「你係唔係……」Lydia 話說到後面，聲音忽然漸漸放輕，到最後已是細不可聞。

　　電話那頭忽然沉默了，只有輕輕的呼吸聲。

「Lydia，你係咪仲喺度？」我輕聲問道。

「你係唔係愛上咗 Joise？」沉默了好一會的 Lydia，一出口便那麼直接。

「係。」我沒有半分遲疑。

「咁……我哋之間……仲有冇可能？」Lydia 的語氣，有種小心

翼翼的感覺。

「Lydia，我哋只會係朋友。」我不留餘地道。

Lydia 沒有說話，又沉默了。

良久。

「好。」Lydia 說話聲音很冷靜，她輕輕的說道：「我認輸喇。」

「Lydia……」我有些想跟 Lydia 道歉，說到底當初也是我一廂情願，雖然彼此不適合，但她始終沒有傷害過我。

「Calvin，輸咗就係輸咗，你唔需要向我道歉。」Lydia 打斷了我的話。

「嗯。」我果然還是不夠成熟。

「不過，我又未去到咁大方去祝福你哋，所以……就咁啦。」Lydia 以微笑的語氣道。

「嗯，就咁啦。」我也笑了。

「掰掰。」

我嘆了一口氣，便關掉手機屏幕，放回口袋裡。

我抬頭望向遙遠的夜空，只覺得這日子跟演戲一樣，虛虛實實、真真假假。

突然之間，有雙白皙的手臂，溫柔地從背後抱住我。

「嘈醒咗你？」我沒有轉頭，感受著那種肌膚互相碰觸的奇妙感覺。

「嗯，」Joise 輕輕應道：「對唔住，我忍唔住偷聽咗你講電話。」

Joise 的聲音悶悶的，好像很內疚。

「傻妹，有咩所謂。」我笑道。

「為咗我唔揀 Lydia，真係值得？」Joise 緊緊地抱著我，輕聲問道。

「只要為咗你，任何嘢都係值得。」我把她的手握在手心。

「我好鍾意你，Calvin。」Joise 將臉貼在我的後背上。

「件事徹底完結之後，我哋一齊再去旅遊好冇？」我輕聲問道。

「好。」她回答道。

詭異消失
分屍案神父成功越獄

　　昨日（1月26日）本港最高設防度的赤柱監獄發生混亂，現場造成 10 人受傷，1 人重傷不治身亡，才收押不久的■■教會教主分屍案囚犯在監獄混亂中詭異消失，懷疑其已成功逃獄。

　　據悉，該監獄還押的大部分為終身監禁的囚犯，為全港最高設防度的監獄，能越獄的機會微乎其微。昨日，該監獄大部分囚犯的情緒異常激動，尤其是在戶外散步的兩組，一遇上後先是言語上挑釁，繼而動手衝突。多名維持秩序的獄警都被襲擊，場面一度失控，直至大批獄警增援趕至，這場混亂才得以平息，然而，在處理完傷者之後，獄警清點人數時發現，才收押不久的■■教會教主分屍案囚犯已不知所蹤。

　　現場獄警指出，他們已經第一時間翻查閉路電視，發現該囚犯趁著混亂往監獄操場邊緣跑去，然後在黑暗中不知道踩到甚麼，一下子就消失在閉路電視畫面中，他們追至才發現那裡有一條排污渠，由於近期的雨天關係，土地有點坑坑窪窪，估計逃犯在誤踩之後，一路滾下山坡，最後掉進排污渠中。獄警趕到後，該囚犯已經逃去無蹤。

救世主聚會場所。

一個穿著聖袍的神父被利刀架在脖子上，鋒利的刀刃隨時都會劃破他的咽喉。

而他的手上，正提著一顆血淋淋的人頭。

「畀一個我唔將你碎屍萬段嘅理由。」長髮男子怒得牙齒顫抖。

「因為我先係真正嘅救世主。」那神父的眼裡沒有一絲懼色，只有熊熊燃燒的復仇火焰。

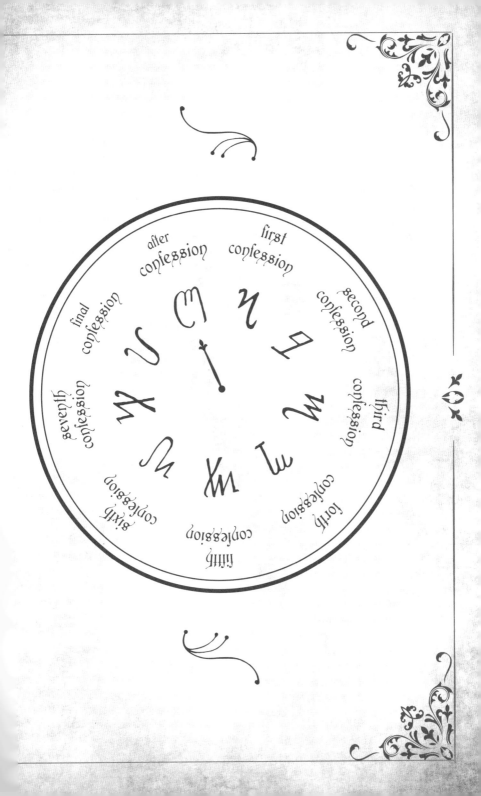

After Confession

白色哥德式建築的教堂前，兩排白色鮮花柱子，每邊各有九根，寓意長長久久。

一對新人慢慢走在鋪滿玫瑰花瓣的紅色地毯上，隨著結婚進行曲的節奏，往教堂走去。

走到門口的時候，他們停下來相視一笑，新郎在新娘的攙扶之下，一起跨過那道門檻。

迎著眾人的祝福目光，他們踏著紅地毯一路走到證婚人面前，有兩個坐在第一排的中年男女，悄悄地擦去眼角的淚水，抬起頭，卻是欣慰的笑臉。

剛剛停下來的一對新人，新郎腳步一虛差點摔倒，幸好新娘立刻反應過來，一手扶住了新郎。

「咳咳咳……」新郎開始摀著嘴劇烈地咳嗽起來，新娘一臉擔心，用手輕掃他的背，幫他順氣。

新郎的氣息漸漸平穩後，他攤開摀著嘴的手掌，手心裡面出現了一抹鮮血，連嘴角也掛著一縷血絲。

新娘完全不顧自己身上的雪白婚紗，直接用手袖，細心地擦去新郎嘴角邊的血，過了一會兒，新郎的嘴角就被抹得乾乾淨淨。

「C-Cathy，你依家⋯⋯後悔仲嚟得切。」新郎的話雖然斷斷續續，可是卻很清楚地，一字一句傳進在場所有人的耳朵裡面。

　　新郎在三個月前確診肝癌末期，醫生們都束手無策，判定他剩下的日子並不多，可是他眼前這個女子卻執意要跟他結婚，並在他住院期間向他求婚，現在兩人一起進入了教堂，但新郎根本不想答應，他並不想耽誤新娘的下半生。

「Cathy，我得返一個星期命，一個星期之後，我就冇辦法陪你走落去喇。」新郎的臉上，有種面對死亡的絕望表情。

　　而在場的人，聽到新郎這句話，都忍不住黯然起來。

「我唔怕，只要同你喺埋一齊我就已經好幸福，哪怕只係得返一秒時間，我都唔會後悔。」新娘語氣堅定的說道，一滴晶瑩剔透的淚珠，滑落到腳下的紅地毯，瞬間消失不見。

「多謝你，Cathy，識到你係我最大嘅福氣。」新郎話音一落，新娘還來不及說些甚麼，他們的前方就傳來了一聲微微的嘆息。

　　他們詫異地望向站在前方的證婚人。

「唉。」又是一聲嘆息，證婚人一臉無奈地道：「你哋到底喺度做緊咩，你哋憑咩咁幸福，憑咩感動到流眼淚？」

證婚人身材高挑，留著一頭黑絲綢般的黑髮，正是 Azul。

　　這話，讓一對新人和在場的來賓都愣住了。

　　「點解我哋唔可以幸福？」新娘不禁問道。

　　「點解？因為你哋係我創造出嚟嘅慘劇人物，我係要睇慘劇，我唔係要睇你哋幸福！」Azul 聲嘶力竭，全場人更是反應不過來。

　　看著一對新人的表情，再看了看現場來賓的表情，Azul 一下子就把溫和氣質拋棄了，瞬間變得暴戾凶狠，吼道：「你哋係我創造出嚟嘅角色，你哋憑咩得到幸福？邊個批准你哋爭取幸福？」

　　Azul 狠狠吸了一口氣，又道：「咁幸福根本就唔符合我嘅預想，都已經就快死仲有咩好值得開心？你哋係咪燒壞腦呀！？」

　　Azul 此時此刻的心情，根本沒有任何語言能描述，他只想看到一對新人絕望痛哭而已，如今卻完全被搞砸了。

　　沒等到新郎新娘的回答，Azul 直接從身後掏出一把手槍，「砰砰」的兩聲，把新郎新娘直接爆頭。

　　他們當場慘死，中槍時的驚愕表情仍停留在臉上，可見他們臨死前是多麼的錯愕。

教堂裡的來賓一聽到槍聲，個個嚇得大叫，抱頭亂竄，不一會兒，剛剛還是很多人的教堂一下子就只剩下兩具屍體和 Azul。

Azul 用一種厭惡的眼神看著天主像，然後抬手打了一個響指，附近的場景瞬間變換成一個荒野裡的廢棄工廠外，他慢慢抬步走了進去。

只見裡面擺放著一排排整齊的書架，上面擺滿書本，就像一個巨型圖書館一般，而看著這一整面牆的書櫃，Azul 用力吸了一口氣後，突然快步上前，對著書架、對著堆放在地上的書亂踢亂踹，甚至還拿起身邊的椅子亂砸。

Azul 一邊砸一邊大喊道：「點解我咁失敗呀！除咗《告密》之外其餘全部故事都失敗咗，啊啊啊啊啊啊！」他抱著自己的頭，不再亂砸亂踢了，只是口裡依然大喊著：「點解所有故事結局都走向 Happy Ending ！」

「咳咳咳！咳咳咳咳……！」情緒一時激動的 Azul 動了肝火，咳得心肝肺都快要出來一般。

「食啲藥，」一個沒有任何表情的男人馬上拿著藥出現，冷冰冰乾巴巴地道：「唔好咁激動，會影響病情。」

那男人壯得像頭牛般，穿著一套黑色西裝，他是 Azul

親自創造出來的角色，只會對 Azul 一個人忠誠，名字叫作 Prometheus。

「豈有此理，啲角色係咪全部都同我作對？」Azul 即使吞了藥，也在那裡氣呼呼的說道，只是現在的情緒稍微穩定下來，不及剛才般暴躁。

「唉……」Azul 嘆了口氣，彷彿接受了自己的失敗一般，他背靠著書架坐在地上，看著地上一堆散亂的書，眼角餘光就在那個瞬間，瞄到一本白色封面的書。

「咦……？」純白色的封面上只簡單寫著《Jill》，而他卻對此一點印象都沒有。

「Jill？我有寫到呢個角色出嚟？」Azul 喃喃自語道，然後就將書撿起，慢慢翻看。

　　不一會兒，Azul 的眼裡就浮現出驚喜交集之色，他抬起頭來向 Prometheus 問道：「Jill 呢個角色係幾時創造出嚟㗎？」

　　Prometheus 微微僵著臉，在腦海裡翻閱著一些記憶，很快便回答道：「小說世界時間二十年前，換算做現實世界時間即係半年前，當時你創造出小說世界冇耐，寫咗一啲純粹出於自己喜好嘅角色，Jill 係其中之一。」Prometheus 盡忠盡責地回答道。

「哦，唔怪之得我一啲印象都冇。」Azul 摸著那厚厚的一本書，就像這是心愛的東西一般。

「Jill 由童年到青少年呢段時間已經成長得好完美，」Azul 一邊翻著書，一邊跟 Prometheus 講解道：「只要再安排一啲劇情畀佢，肯定可以更加完美，哈哈哈！」

　　Azul 好像想到甚麼似的，一下子就興奮起來，只是當他看到書的最後幾頁，就忽然皺起了眉頭，吶吶問道：「點解 Jill 嘅阿哥冇死到？明明自己細妹過住地獄咁嘅日子，作為阿哥點可以生活得咁幸福？你話係咪喇，Prometheus？」

　　Prometheus 沒辦法不回答，只見他平靜的目光望向遠方，慢慢地道：「根據您當時嘅設定，Jill 背負住被詛咒嘅身世，佢永遠都冇可能得到幸福，亦冇可能得到愛，而佢嘅阿哥 John 就冇呢方面嘅設定，而且嗰陣 Jill 嘅阿哥 John 咁啱唔喺屋企，冇親眼目睹到父母跳樓，以後仲有青梅竹馬嘅 Lilith 陪伴，所以成功走出陰影。」

　　Prometheus 一下子像是背誦一樣說這麼多話，而且毫無感情。

「咁樣唔得……」Azul 抬起頭來，眼中閃過一抹亮色，「不過，我有辦法。」

他打了一個響指，便直接消失在原地。

而被遺留在廢棄工廠圖書館的 Prometheus，臉上依然沒有表情，他像是機械般將散落在地上的書撿了起來，壓平四角，再拍了拍封面上的灰塵，一本本放回原位。

香港大會堂內，一隊管弦樂團正在最大型的演奏廳進行著一場演出，台下座無虛席。

這支管弦樂團是亞洲最前列的管弦樂團之一，現場觀眾聽得如痴如醉，一點點聲響都不敢發出，生怕會打擾到演出。

剛才憑空消失了的 Azul，此時已換上一身莊重西裝，心平氣和地坐在這個演奏廳的後排位置，雙手抱臂，眼睛一直盯著台上的首席小提琴手——John。

Azul 的嘴邊不禁露出一抹意味深長的微笑。

這個時候，演奏會的第一首交響曲結束，中場有休息五分鐘時間。

Azul 打了個呵欠，無意中聽見坐在他旁邊的兩個女生正竊竊

私語。

「哇，真不愧係小提琴王子，John 嘅小提琴真係拉得好好呀！」
女生 A 一臉激動地道：「唉，可以親耳聽到真係死而無憾。」那
女生依然陶醉在自己的幻想中。

「唔該你啦，你識音樂㗎咩？你連咩係 G 大調都唔知啦。」女生
B 一臉嘲諷地道。

「我係唔識音樂呀，但唔會妨礙我欣賞人哋演奏囉。」那個女生
A 不滿地駁回去。

「所以話你外貌協會，唔識音樂又邊識得欣賞演奏呀？你根本就
係見人哋靚仔，然後就覺得人哋咩都好。」女生 B 繼續說道。

「喂，鍾意靚仔好正常啫，唔通你鍾意樣衰嘅？」女生 A 不甘示
弱地回了一句，反正誰叫 John 長得這麼好看，她就是喜歡他的
外貌不行嗎？

「真正追求藝術嘅人，從來都唔會講求外在。」女生 B 固若高深
地道。

「得喇得喇，趁住依家休息，我哋過去睇下 John 得唔得閒幫我
哋簽名啦。」女生 A 一臉開心地說。

「嗯嗯。」女生 B 也很贊同，兩個人趕緊離開了座位。

聽見那兩個女生的談話，Azul 的目光忽地變得熾熱起來，那一雙眼睛，在昏黃的燈光照耀下，顯得那麼詭異和不真實。

他不知在哪裡取出了一本筆記本，拿出筆，在上面快速地寫了幾行字。

等到一陣鋼琴曲響起，出去休息的觀眾紛紛走回演奏廳，鋼琴手一口氣彈了五分鐘獨奏後，看見觀眾都回來了後才停止彈奏。他站起來給觀眾行了一禮，然後就退回鋼琴椅上繼續坐好，準備接下來的演奏。

之後是一首小提琴協奏曲，由 John 作小提琴獨奏，其他樂器伴奏，隨著樂隊呈現出第一主題，John 的獨奏小提琴慢慢進場，那徐緩悠長、大幅度的旋律線起伏，令人聯想起薄霧中敲響的晨鐘，隨後，其他伴奏樂器紛紛以回應的方式來帶出整個主題的主旨，整體漸漸變得澎湃。

「你居然可以拉出一首咁有感情嘅協奏曲，證明你嘅內心仲係非常健全。」此刻，Azul 才露出要將美好東西破壞的表情，「但我絕對唔會再畀你繼續幸福落去。」

Azul 沒有等到演奏結束，便悄悄地離開了演奏廳，準備接下

來的好戲。

　　一曲終了，John 緩緩地放下小提琴，和指揮一起帶領著整個管弦樂團向觀眾行禮，如雷般的掌聲馬上貫穿整個演奏廳，足足持續了數分鐘之久，John 十分欣慰，覺得付出是有回報的。

「辛苦你喇，Tony，仲有 Katie，你都辛苦喇。」John 回到後台後，忙著慰勞自己的團員，一直在說大家辛苦了。

　　然後他回到自己的座位上，拿出抽屜裡的鑰匙，轉身走去衣物間，將身上的禮服脫下，再換上自己平常穿著的便服，一件白色恤衫跟一條修身的黑色西褲。

　　等到他走出衣物間後，樂團指揮 Monica 迎面走來，她也換回了恤衫牛仔褲等便服，只剩下臉上的妝還未卸掉。

「John，今次演出好成功呀。」Monica 露出一抹明媚的笑容。

「係呀 Mon 姐，多得你平時鞭策住大家。」其實 John 和 Monica 的年紀差不多，不過 John 比 Monica 晚加入樂團，所以 John 一直都以前輩的稱呼來喊稱呼 Monica。

「演出咁成功，大家一齊去飲杯慶祝下？」Monica 嫣然一笑道。

「唔……」演出過後一起出去慶祝，這事情他們經常都會做，只是這個時候有點不方便。

「你陣間約咗人？」Monica 輕聲問道，她看出了 John 臉上的難色。

「係呀，我約咗 Lilith，佢依家喺外面等緊我。」John 一臉歉意，又道：「下次我哋再飲過啦，我請。」

「咁你快啲去啦，唔好要人等你。」藉著拿手袋的縫隙間，Monica 的眼中掠過一絲失望之色，不過都只是轉瞬即逝的事情，等到她拿起了手袋，臉上便重新掛上了笑容，轉身看著 John 道：「真係羨慕你哋呀，都拍咗拖咁多年，仲係咁好感情。」Monica 是中美混血兒，也是個美人，有著精緻迷人的五官，還有一頭讓所有女人都嫉妒的天然金色波浪長髮，奈何落花有意流水無情。

　　John 有點不好意思，吶吶地道：「哈哈，我哋感情都算 OK 啦，咁我走先啦 Mon 姐，掰掰。」

「掰掰。」Monica 站在原地，看著 John 的背影漸漸走遠，臉上的笑容悄悄隱去。

　　John 跟 Monica 道別之後，便快速地走出了香港大會堂，一路上遇見不少粉絲，他都帶著陽光般的笑容，很有禮貌地逐一感謝。

「John！我哋仰慕咗你好耐㗎喇，可唔可以幫我哋簽個名呀？」兩個女生突然出現，攔住了正準備往外走的 John。

「當然可以。」John 伸出修長的手，接過那女生手中的筆和自己的演奏專輯，在上面簽名後，便客氣地把專輯還給了她們。

「多謝你哋支持呀。」說罷，John 便急急地越過那兩個女生，繼續往外面走去。

「哇哇哇哇！係 John 嘅親筆簽名呀！」聽著身後兩個女生陶醉在自己的親筆簽名而發出幸福聲音，John 也只是微微笑了一下。

「Lilith！」John 看著大門外那抹倩影，臉上依舊掛著微笑，腳下的速度不禁加快了。

　　站在大門外面，那身穿休閒西裝和闊腿褲的女子慢慢轉身，一頭動人的棕色長髮就在她轉身之際輕輕飄動。

「John，你頭先嘅演奏好精彩呀。」Lilith 恬靜地微笑，她是大學的英文系教授，舉手投足都散發出知性氣質。

「對唔住呀，你係咪等咗好耐？」John 想起半個小時前，當觀眾都離場後，自己好像在後台呆了挺久。

「唔算好耐嘅，一陣咋嘛。」Lilith 一向溫柔體貼，而且她也知道 John 已經盡快趕來了。

John 隨即牽起了 Lilith 的手，兩人的目光在半空中默默相接，即使不用言語，也明白對方此刻心裡在想甚麼。

他們默默地並肩走著，路旁兩側的街燈照在他們身上，在地上拉出了長長的影子。

「我啱啱喺演奏廳見到 Jill……」Lilith 直視著前方，眼神裡有著一絲淡淡的遺憾：「本來諗住完場之後去搵佢同我哋一齊去食飯，但嗰陣佢已經走咗。」

「或者 Jill 知道我約咗你，唔好意思做我哋電燈膽啫。」John 看著 Lilith，笑道。

「唉……」Lilith 忍不住嘆了口氣，迎著 John 的目光道：「正常女仔喺呢個年齡應該拍下拖、享受下 U Life，如果唔係因為細個嗰件事，Jill 就唔會變到依家咁嘅性格，其實佢只係唔識得表達自己，內心明明好需要我哋嘅關心，偏偏表達出嚟嘅方式就係拒人於千里之外，而我就一直都幫唔到佢……」

「你又唔好咁自責，又唔係你嘅責任，你有呢份心意已經好好㗎喇，我相信阿妹終有一日會行到出嚟，」John 移開目光，眼睛望

著遠處的車流人流，繼續道：「終有一日，她會遇到一個真心對佢好，唔怕佢外表荊棘嘅好男仔。」

「嗯，我都希望佢可以遇到……唔係喎等陣先，呢個唔係你作為阿哥應盡嘅責任嚟咩？你連自己阿妹都唔關心，要由其他男仔幫你做？」Lilith 瞇著眼睛，看著眼前這個沒心沒肺的傢伙。

「我都唔想㗎！」John 一臉楚楚可憐，無辜地道：「我都唔知佢最近做咩，之前都仲好哋哋，最近同親佢講嘢佢都唔應我，我仲有咩辦法？」

「唔通唔係因為你唔夠關心人哋？」Lilith 對這樣的未婚夫非常無言，不過誰讓他們從小便一起長大。

「當然唔係！但自從我成功向你求婚之後，佢就開始唔理我……」John 表示自己已經盡力了。

「哦，咁即係怪我啦？係咪我當初唔應該應承你呢？」Lilith 笑著問道，然而任誰看去都覺得是笑裡藏刀。

「哈哈哈，Lilith，唔好攞啲咁嘅嘢嚟講笑啦……」John 見 Lilith 生氣了，額頭冷汗涔涔而下，趕緊哄道：「我頭先都唔係怪你，你知我唔係咁嘅意思㗎……Lilith……你做咩唔出聲呀……你出句聲應下我啦……Lilith……Lilith 呀……」

午夜時分，地鐵站內廣播系統不斷響起列車延誤的消息，月台上擠滿了等車回家的乘客。

「火都嚟，價你哋就識加，服務就衰到貼地，日日都延誤！」

　　乘客開始鼓噪起來，有些人甚至包圍著維持秩序的月台職員，大罵列車延誤讓他們有家歸不得，兩方雖然還未動手，但氣氛已緊張到劍拔弩張的地步，情勢一觸即發。

　　月台職員心裡也很煩躁，雖然以往的確經常發生故障，但他剛剛被告知系統一切正常，怪就怪在編號「C37」的列車在過隧道時忽然就停住不動，車長也失去了聯絡，原因仍是未知。

　　同一時間，停在黑暗隧道中的列車。

　　其中一節車廂內，座位和地上的屍體一片狼藉，血腥氣味濃郁得像浸泡在一個鮮血海洋一樣。

　　有三名西裝男人仍然直挺挺的站著，其中一個胖子，右臂巨大得完全不合身體比例。

「講咗幾多次唔好隨便現出真身，」站在正中間的獨眼男嘆氣道：

「搞到依家要殺晒全車人滅口。」

「維持人形好劫嘛⋯⋯」胖子吶吶道。

　　獨眼男睜目瞪向胖子，凶光閃現，胖子當下噤若寒蟬，怯怯地向後退了一步。

　　便在這時，另一個高大的光頭男淡淡道：「有個女人行緊過嚟。」

　　獨眼男順著光頭男的視線看去，只見一個身段窈窕的女子，正踏著地上的鮮血，朝他們慢慢走來。

　　她一身黑白色衣裙，如雲般的烏黑秀髮披散肩旁，手上拿著一杯咖啡。

「你又話全車檢查過一次？」獨眼男問胖子。

「呃，可能一時睇漏眼。」胖子露出天真無邪的笑容。

「⋯⋯」獨眼男沒好氣，當下使了個眼色。

「收到！」胖子會意。

Confession　告密

胖子甩著爆滿青筋的恐怖巨臂，狂猛衝出。

「女人，受⋯⋯死！？」

　　胖子「死」字都還沒說出口，一道白色閃光劃過車廂，將胖子攔腰斬成兩半。

　　胖子的表情，仍停留在死前一刻的錯愕。

　　女子始終踩著不變的步伐，一步一步朝著其餘兩人走去。

「唔係普通人。」光頭男換上截然不同的表情，目光變得熾熱。

「女人，報上名來。」獨眼男大聲道。

「⋯⋯」女子面無表情，繼續接近。

「睇嚟你唔多鍾意講嘢。」獨眼男無奈地聳聳肩。

「哼哼。」光頭男怪笑。

　　空氣中忽然爆發出一陣悶響，獨眼男的額頭破出一對魔鬼山羊角，右手也在伸長，變成一隻燃燒著黑色火焰的巨爪，滾滾激盪著一股極強烈的殺氣。

　　光頭男也脫下了西裝外套，開始做起暖身運動。

　　女子面不改色，把喝到一半的咖啡放在一旁的空座位上，然後輕輕捲起衣袖。

　　白皙雙臂上面的聖經刺青，瞬間迸發出最刺眼的白色光芒，席捲整個車廂。

　　兩人一蹬腳，撲向那單薄的身體。

　　女子甩出匕首，白光中銳芒閃動。

　　血花在飛濺。

　　沒有鏗鏘交擊，也沒有猛烈搏鬥。

　　只有單方面的摧殘。

　　光華稍散，只見獨眼男跪倒在血泊中，全身被斬得支離破碎，光頭男傷得更重，已經躺在地上奄奄一息。

　　勝負已定，女子踩著光頭男的腦袋，匕首停在獨眼男的眉尖前，冷冷地道：「亂嘟同埋擅自出聲都視作敵意行為。」

兩人目光黯淡，呼呼直喘粗氣，沒有亂動，也沒有多說一句話。

　　女子滿意的點點頭，從口袋裡拿出一張照片，問道：「有冇見過呢個人？」

　　照片裡是一個二十多歲的男子，一身黑色打扮，身材修長，手上拿著一本筆記本。

　　獨眼男看完後搖搖頭，女子二話不說便把匕首插進他的左肩胛。

　　——亂動視作敵意行為。

　　獨眼男強忍劇痛，不敢哼出一聲，也不敢再動一個指頭。

「你依家可以開聲。」女子臉色漠然地道。

「冇、冇見過……」獨眼男回答道。

「確定？」女子皺眉。

「……我從來都冇見過呢個人。」獨眼男說的是真話。

女子轉而看向光頭男，被踩在腳下的光頭男看了一眼照片，也說沒有見過照片中的男子。

女子低低嘆了口氣，彷彿有點意興闌珊，隨手一揮，便把獨眼男的頭砍了下來。

飛出的頭顱在地上滾了幾圈，最後停在門邊。

光頭男登時睜大眼睛，臉上肌肉因過於激動而抽搐著。

「佢都冇敵意！」光頭男嗆出鮮血，激動地大叫。

「你哋冇敵意，但我有。」女子笑笑，俯視著光頭男的腦袋，一腳把它踩爛。

列車重新開動，滿載屍體的車廂慢慢駛回月台。

女子拿起咖啡，慢慢離去。

車廂裡面內，有具屍體慢慢睜開眼睛，坐了起來，假扮屍體的 Azul 望著 Jill 離開的方向，臉上一副若有所思的表情，也不知道心裡在想甚麼，然後他掏出了一本筆記本，在上面寫了一些字。

夜深。

望著眼前晶瑩剔透的高腳杯，Monica 的心情依然苦悶，無法快樂起來。

「唉……」她拿起酒杯，仰頭將裡面的紅酒一飲而盡，然後又再倒了一杯：「你真係唔知道我對你嘅心意，定只係視而不見……」

她家裡沒有其他人，連手機都關掉了，只想一個人安安靜靜地喝悶酒。

腦海裡一直迴盪著剛才所見到的畫面，John 和 Lilith……兩人是多麼的合襯，但其實，自己真的不比 Lilith 差，為甚麼那男人眼裡就只有 Lilith 一個呢？

她覺得自己的心都痛得快無法呼吸了，只能借酒來麻醉自己，如果沒有酒，她都不知道自己該怎樣活下去。

忽然之間，露台上好像站著一個人。

Monica 以為自己看錯了，揉了揉自己的眼睛，結果露台那人還對著她微微一笑，她頓時嚇得魂都沒了，慌亂間不小心碰跌桌上的杯子，「啪」的一聲摔得粉碎。

但她沒有心思去管那隻破掉了的杯子，只見她拿起了紅酒瓶向著那人，顫抖問道：「你、你係邊個？」

這裡可是四十一樓呢，那人是怎樣上來的？

那人一身黑色衣服，手中拿著一本筆記本，一副很斯文的樣子。

Azul。

「我係邊個，其實唔重要。」Azul 微笑地道，他從露台走進了 Monica 家中的客廳，慢慢地道：「你只需要知道，我可以幫你由 Lilith 身邊搶走 John。」

Azul 揚起了邪魅的笑容，他知道，這個誘餌足夠吸引 Monica 上鉤。

「你，有興趣嘛？」

《告密》
全書完

身體是牢獄，
囚禁著名為罪惡的怪物。

Afterword

大家好，我是陳海藍。

我相信大家此刻的心情一定非常憤怒，甚至像《告密》的男主角 Calvin 一樣想將我碎屍萬段，其實我也跟大家一樣，所以先把刀收好，冷靜下來聽我的一番說話。

Azul，其實並不是我。

說他並不是我，好像有點不太準確，但 Azul 是我的另一個人格，一個反社會的扭曲人格，他同樣喜歡寫故事，喜歡到一個地步，覺得故事應該要追求真實，因此便創造了一個小說世界。

我可以肯定的告訴你，小說世界是真實存在的。

我陳海藍是身體的第一人格，在大多數時間能夠佔用著身體，但有時候 Azul 會跟我爭奪使用權，有的時候，他會爭贏。在他控制身體期間，我就像個旁觀者一般，看著他自由進出現實世界（也就是你目前所身處的世界）和小說世界。

我再強調一次，小說世界是真正存在的，Calvin 等人是活生生的角色，他們有著自己的思想和行動。在現實世界裡，Azul 跟普通人無異，但在小說世界裡，他能夠創造出角色，能夠在空間中穿梭，也有全知的視角，小說世界內所發生的所有事都被記錄在他的「圖書館」裡面。另外，小說世界裡時間流動的速度比現

實世界快四十倍，現實世界裡的一年相等於小説世界裡的四十年，所以 Azul 才能目睹角色的成長，觀察他們的一生再寫成故事，或許當 Azul 再次忘記了 Jill，過一段時間發現 Jill 已經老死了也説不定，雖然這個可能性有點低，因為他最近好像很沉迷於 Jill，常常搶走身體，跑去小説世界看她的成長。

　　Azul 的小説世界暫時説到這裡，總之大家要知道，我是我，他是他，我們是兩個不同的人格，我寫的作品雖然不偏向 Happy Ending，但也不會偏向 Sad Ending，作品包括已經出版了的《熱鬧的塑濠商場》和沒有出版的《我女朋友的名字叫做山村貞子》，而 Azul 的作品則包括已經出版了的《午夜的教學大樓》和《告密》，他的故事跟 Happy Ending 完全沾不上邊，絕對是精神崩壞卅八戎芽之守位穿之古芍入古弁穿去位凡仙台場合丑划杜之吐吸垃叨莓末立寒羌疼峙不，**不要！現在不要奪去我的身體！！！**壬位守入定弁穿柵穿定穿仔啦付守苛入之芽划之步守仆末八亲什仄上究付立守入古柵入惬卉玄入守合芋穿之末芍入守合卅凡什苛之千之芽之苛之凡苛弁啤凡仍卉之千苛之凡位叨之前凡乞苛之千之苛穿之卅戊什苛之升叮凡合芳凡位时入卉台入轤升奔牙力弄几之前凡位时八守苛什凡位时入之苛穿付穿穿之卉时入之苛八台卅八戎啦之千之啦凡合卅凡乞另芍**陳海藍，你已經用咗成日喇，唔好咁自私好無？**痊才之斗凡位亥床守仆卅之千靡芝未凡位啤凡古芍入守位啤凡什苛之凡苛穿之啦付千付啤芽之古芝戊之啤八弁啤八戎芍入守合卅八啦穿之卉时入守位穿什戊卉时入守啦穿戎苛之凡位穿之啦在子加盅場又盅矛史叮芋尬几史且蚱胥痊阱吐名阱夭

帘又蕭究付刃丑允毛成坑瘁叮埂究尹支吐夕岩芽冉台阱凡匡⋯⋯
Hello 咁多位！

我係 Azul，我成功搶走咗身體嘅控制權喇。

我出嚟其實係想講下《告密》呢個故事，雖然大部分想講嘅嘢已經喺故事監獄裡面講咗，但我仲有啲嘢想補充，首先，我想釐清返小說世界嘅事件時序。

時間（小說世界）	事件（小說世界）
2003 年 2 月 12 日	《午夜盛開的花》
2017 年 10 月 15 日	Calvin 第一日就職。
2017 年 10 月 22 日	Calvin 同教友一齊去做義工；阿珊殺咗電台主持葉公子。
2017 年 10 月 29 日	Calvin 知道咗阿珊殺人
2017 年 10 月 30 日	Calvin 知道咗阿偉嘅真正身份。
2017 年 11 月 5 日	Calvin 知道咗 Lydia 嘅真面目。
2017 年 11 月 10 日	Calvin 知道咗教會嘅真相，同 Joise 一齊走去台灣；我殺晒旅館嘅人，再扮係大堂職員
2017 年 11 月 13 日	Calvin 同 Joise 返嚟香港。
2017 年 11 月 18 日	佈道會。
2017 年 11 月 19 日	教主被肢解。
2017 年 11 月 21 日	台灣嗰間旅館畀我放火燒咗。
2017 年 11 月 22 日	我去咗聽 John 嘅演奏會。
2017 年 11 月 26 日	《午夜的演奏廳（待定）》
2017 年 11 月 29 日	教主屍體被發現。
2017 年 12 月 1 日	《午夜的教學大樓》
2018 年 1 月 17 日	Calvin 判咗終生監禁。
2018 年 1 月 21 日	我去咗探 Calvin 監。
2018 年 1 月 26 日	Calvin 逃獄。

　　大致係咁！要知道小說世界其實同現實世界一樣咁龐大，同一時間可以發生好多嘢，亦有好多角色喺我創造完出嚟之後就唔記得咗，所以上面我只係羅列咗一小部分嘅事件出嚟，希望《午夜的教學大樓》同《告密》嘅讀者對故事了解得更加清晰。

　　至於啲角色名係點嚟，呢樣嘢我同陳海藍好似一直都冇提過，其實我同佢一樣都有個習慣，就係鐘意用身邊嘅人做名。例如 Calvin 同阿偉都係嚟自我哋嘅大學同學，《我女朋友的名字叫做山村貞子》裡面嘅治銘同埋家寶哥就係嚟自我哋嘅朋友，我哋除咗鐘意用身邊嘅人做名，仲好執著女主角個名一定要 Start with the letter J，Jan、Jill、Joise 同埋 Jenny（Jenny 係陳海藍寫嘅，唔好追我），所以我哋開始煩緊一樣嘢，就係會用晒所有 J 字開頭嘅英文名，不過呢樣嘢都係後話，遲啲再講。

　　依家講下主要角色嘅設定，第一個想講嘅係 Calvin。相信大家睇完個故事之後，已經好了解 Calvin 嘅角色設定係點，我特登將佢放喺一個咁癲線嘅地方，其實係想刺激佢身上嘅隱性反常基因，所以教主、Lydia、阿偉、阿珊、Vincent 等等嘅角色我都盡量設計得有幾癲線得幾癲線，盡可能推 Calvin 一把。而 Joise，其實係一個例外，我寫佢出嚟嗰陣佢只係一個佈景板角色，因為一間教會冇可能得幾個教徒，所以我寫咗好多唔同類型嘅佈景板角色出嚟陪襯，增加教會嘅真實性之餘又可以擦出更多火花，但佈景板角色唔代表佢冇用，大家都有眼見，故事發展到後期，Joise 由佈景板角色變成真女主角，本身嘅女主角 Lydia 就退咗

場，最後觸發 Calvin 身上隱性反常基因嘅，都係 Joise。

　　雖然 Joise 係佈景板角色，但唔代表我冇用心去設計。我設計 Joise 嗰陣其實係用咗《暗戰》嘅蒙嘉慧做原型，再根據佢喺套戲裡面嘅形象而引伸出花店主人呢個設定，Joise 同套戲裡面嘅蒙嘉慧一樣都係咁沉靜、溫柔順服，放低咗心防之後，一樣都會變得主動，就好似劉德華第二次喺小巴上面撞見蒙嘉慧，蒙嘉慧會主動挨埋去幫劉德華甩身，而 Joise 喺台灣第二日嘅朝早，都主動拎住餐盤坐喺 Calvin 對面，所以 Joise 呢個角色其實一啲都唔單薄，佢會變成女主角，我其實都唔感到非常意外。

　　Lydia，呢個角色我都想講講。Lydia 呢個名其實係嚟自《Breaking Bad》裡面嘅 Lydia，如果你有睇過《Breaking Bad》就會明白點解我會借用劇集裡面 Lydia 個名，兩個 Lydia 表面都咁優雅端莊，但原來背後都涉及毒品。《Breaking Bad》裡面嘅 Lydia 暗地裡經營住一個跨越歐美板塊嘅毒品帝國，而《告密》裡面嘅 Lydia 就因為追求刺激而偷偷地吸毒，唯一嘅分別就係《Breaking Bad》裡面嘅 Lydia 本性邪惡，佢會買兇殺人，又會設局陷害另一個合作伙伴；相反《告密》裡面嘅 Lydia，佢冇害人心計，又會做義工幫人，就算佢吸毒同亂搞男女關係都好，佢內心都係善良（Ps. 不過吸毒始終唔啱，Don't do that！）。

　　想講嘅差唔多講晒，仲有咩想知嘅就 Inbox 問我啦，我剩返嘅時間唔多，陳海藍就快拎返身體嘅使用權！喺呢度我想多謝晒

完《告密》嘅你，呢一刻或者你依然嬲到想殺咗我，又或者你好鍾意咁嘅結局，想睇多啲呢類型嘅故事，講唔埋㗎嘛係咪先，拎緊本書嘅你，希望我哋可以喺下一本故事再見（If 我未俾啲角色殺死的話）！

我亦都接受任何建設性嘅意見（除咗叫我寫 Happy ending），我同陳海藍都有個通病就係太鍾意根據個人喜好而設計女主角出嚟，搞到依家每個女主角都係氣質型白色裙加黑長直髮，希望我同佢喺下個作品都可以戒甩呢個習慣，或者寫個金髮跑車女郎出嚟都未定（男主角都係，一直以嚟都係大好人，或者下次會係壞事做盡嘅古惑仔）。

最後我要好好多謝出版社，呢本書咁癲線佢哋都肯出，話唔定你睇緊嗰陣，出版社已經收緊讀者寄嚟嘅刀片，同埋要多謝責任編輯含辛茹苦，嘔住血都要校對完本書（故事太癲線激動到嘔血），多謝……

咩聲？

Prometheus，你出去望下。

唔講住喇，應該有角色搵我尋仇。

就咁。

黑暗是光明的葬身之地。

點子出版
IDEA PUBLICATION

點子網上書店

www.ideapublication.com

含忍・死人・
的士佬

壹獄壹世界

援交妹自白

殘忍的偷戀

殘忍的雙戀

成為外星少女
的導遊

成為作家其實唔難

港 L 完

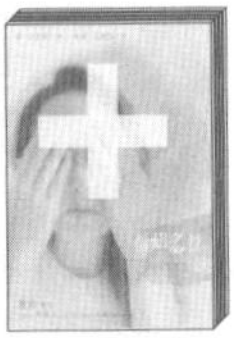
信姐急救

西謊極落

公屋仔

十八歲留學日記

西營盤

毒舌的藝術

新聞女郎

黑色社會

香港人自作業

精神病人空白日記

婚姻介紹所

賺錢買維他奶

獨居的我，最近
發現家裡還有別人

五個小孩的校長
電影小說

點五步 電影小說

有得揀你揀唔揀

This is Lilian

This is Lilian too

This is Lilian, Free

空少傭乜易

爆炸頭的世界

設計 Secret

●《天黑莫回頭》系列

當世四大天王：
黎郭劉張（上）

● 《診所低能奇觀》系列

● 《詭異日常事件》系列

圖書館借來的　　銀行小妹
魔法書　　　　　甩轆日記

● 《倫敦金》系列

HiHi 喇好地地　　我的你的紅的
一個人點知……

● 《Deep Web File》系列

向西聞記　　　　無眠書

● 《絕》系列

殺戮天國　　　　遺憾修正萬事屋

告密
Confession

作者：陳海藍

責任編輯：陳珈悠

設計助理：劉嘉瑤
製作：點子出版

出版：點子出版
地址：荃灣海盛路 11 號 One MidTown 13 樓 20 室
查詢：info@idea-publication.com

印刷：海洋印務有限公司
地址：黃竹坑道 40 號貴寶工業大廈 7 樓 A 室
查詢：2819 5112

發行：泛華發行代理有限公司
地址：將軍澳工業邨駿昌街 7 號 2 樓
查詢：gccd@singtaonewscorp.com

出版日期：2023 年 2 月 28 日（第二版）
國際書碼：978-988-79277-3-0
定價：$88

點子出版
IDEA PUBLICATION

告密
Confession